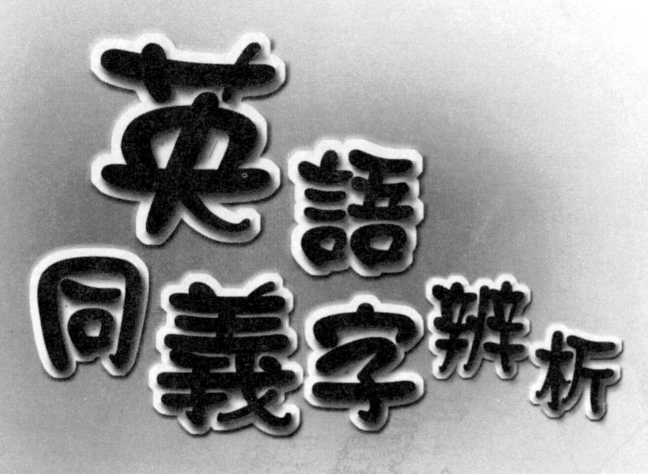

田中実 著
本局編輯部 譯

the Strait of Dover
多佛海峽

English Channel
英吉利海峽

三民書局

前言

就像每一個人的內在都潛藏著能量及力量一般，我相信每一個英文單字也本來就具有內在深層的能量及力量。舉個淺顯的例子來說，表示「喜歡」之意的英文單字有 like 及 love 等，在一般的狀況下，love 所表達的是比 like 更為強烈的喜歡。換言之，若將兩者之間的關係以不等號表示的話，可以得出 love > like 的結果，在表示「喜歡」的意義上，可視為 love 具有比 like 更強大的力量。

將具有同義性(synonymy)關係的各個單字所具有的力量強度，試著利用不等號加以比較，呈現視覺化的具體效果，正是本書想要達到的目標。我相信藉由這樣的方式，學習同義字的過程將會變得更容易。

同義字的學習當然有各種漸進的方法，例如，從「正面評價」、「負面評價」的觀點來區分也是學習同義字的一種方式。接下來，我們就以 chat 及 chatter 的具體實例來做說明。通常，相對於 chat 用以表示「輕鬆而舒適地坐下來聊天」等正面的含義，chatter 則指「喋喋不休、絮絮叨叨地談論無聊的瑣事」等負面的含義。諸如此類以帶有褒義或貶義用語的觀點來區分，確實不失為學習同義字的一個有效的方法。事實上，有些字典裡就已經明白地以 apprec(iative) 和 derog(atory) 的標記分別標示了褒義及貶義。

但是，有別於此，本書中所教給各位的學習方式，相信將更能有效地提昇大家對於同義字的辨知能力。也就是說，當 A > B 的情況下，我們只要理解這表示在某種層面的意義上，A 的「程度」比 B 來得「更大」、「更強烈」、「更高」的話，對於我們逐漸掌握同義字、語意的辨知上，應該是相當有效的一個方法。

基於以上的想法，本書在執筆時採行了以下的編輯方向：

(1) 一個單字通常有二個以上不同的語意存在，篇章內容針對哪一個語意做同義字解析會在標題中標示出來。

(2) 每一個篇章都會在標題中明白揭示 A > B，A > B > C，A > B > C > D 等同義字之間強弱關係的順序。之後，若有新增的同義字，其在程度上與標題所標示的同義字之間的強弱關係，也會在說明的文字中明確標示。

(3) 也有許多同義字難以藉由不等號說明彼此之間的「程度」關係，這樣的字除了在各篇中加以說明之外，也列入索引(INDEX)中。

以上就是本書在寫作之際所採行的基本編輯方針，至於採用以不等號標示同義字程度強弱的嘗試一舉，究竟成敗與否，則有待讀者諸君的判斷。

此外，因為本書各個篇章都是挑選程度上容易區分語意強度的字彙，若在選擇上有美中不足之處，尚祈各位讀者不吝賜教，將適時地新增於本書中。

最後，對於本書在寫作的過程中，承蒙研究社出版部門的杉本義則先生諸多費心，謹在此表達感謝之意。

1992年4月

田中　実

目次

溫熱的

warm > tepid > lukewarm > mild

在上述四個字彙當中，warm 的程度雖然不及 hot（熱），卻是最接近 hot 的一個詞語。

- It's *warm*, if not hot.（這是溫熱的，即使算不上熱。）

這種情況下，我們就不可能把這句話說成：It's hot, if not warm.（這是熱的，即使算不上溫熱。）
關於 warm 這個字，有以下兩點必須加以說明：①從文意脈絡來看，有時候 warm 也可以用以表示「熱」的意思。②像英國這種高緯度的國家，就算是天氣很熱的夏天，一般也不會熱到 hot 的程度，如果要表示「天氣很熱」，通常只用 warm 這個字而已。請大家在使用上要特別注意。

- I was *warm* from exercise.（運動後，我感到很熱。）
- In England, it's very *warm* in summer, too.（即使在英國，夏天也很熱。）

tepid 這個字，在熱的程度上要比 warm 來得低一些，只是「微熱的」之意。而 lukewarm 這個字比 tepid 在熱的程度上又更低了一些，是「微溫的」的意思。一般來說，使用 lukewarm

的時候通常帶有負面的含義，但若用在描述液體的時候，這兩個字在溫度上的差別並不大。

- I don't mind some *tepid* water, but I do mind any *lukewarm* coffee.
  （我並不在意喝溫水，但是我可不要喝快變涼的咖啡。）
- His comment on the paper was rather *tepid.*
  （他對這篇論文的評論蠻冷淡的。）
- She seems kind of *lukewarm.*（她似乎有點冷淡。）

mild 這個字是指「微暖；暖和」的意思，在熱的程度上也是最低的。

- It was a *mild* winter last year.（去年冬天是暖冬。）

此外，關於 hot 和 warm 這兩個字，還有兩點需要說明：①我們平常會說 hot milk(熱牛奶)、warm milk(溫牛奶)、hot coffee（熱咖啡），但是絕不會說 warm coffee。②我們在使用 hot 這個字的時候，也可以用 very 以外的其他副詞來修飾「熱」的程度。

- The blast [smelting] furnace is broiling [burning/red/scorching] *hot.*（那旺盛的[猛烈燃燒的]鍋爐是炙熱的[滾燙的／火熱的／灼熱的]。）

其他與「熱」相關的意思還有「悶熱」、「熱到發暈」、「又溼又熱」等各種不同的狀況，這些狀況用英語又要如何表達呢？要表示「悶熱」的話，可以用 muggy 或 sultry。

- We have *muggy* [*sultry*] weather during July in Taiwan.
  （臺灣七月的天氣很悶熱。）

而且，muggy 的用法比 sultry 更為通俗。
如果要表示「熱到發暈」，則可以用 sweltering 這個字。

- It's *sweltering* here! Open all the windows!
  （這裡簡直熱昏了！把所有的窗戶都打開！）

如果要表現「溼度很高」的感覺，則可以借助 humid 或 damp 的幫忙。但是在使用上要注意：humid 通常用於夏天，指又溼又熱的情形；damp 則多用於冬天，指又溼又冷的狀況。而且，damp 通常伴隨著負面的含義，用以表示該狀況帶有令人不舒服的感覺。

- It is usually hot and *humid* in the jungle.
  （叢林中通常又熱又溼。）
- He complained to his wife about the *damp* futon.
  （他向老婆抱怨那溼冷的墊被。）

而 moist 則和 damp 完全不同，不帶有任何負面的含義，僅單純地用以表示「潮溼的」之意。

- Her eyes were *moist* with tears.（她的眼裡噙著淚水。）

若要表現這種「噙著淚水」的感覺，除了 moist 之外，我們還可以使用 wet（溼的）、dimmed（淚眼朦朧的）、filmed（因淚水而使視線模糊的）、misty（眼裡噙著淚水的）和 filled（眼淚盈眶的）等字。

怒氣

fury > rage > anger

依上面的順序，fury 的「怒氣」是最強烈的，甚至帶有「氣到發狂」的感覺。

- He was dark with *fury*.（他氣得面色鐵青。）
- He was white with *rage*.（他氣得臉色發白。）
- He was red with *anger*.（他氣得面紅耳赤。）
- He could hardly control his *anger*.
（他幾乎無法控制自己的憤怒。）
- It's no use trying to argue with him when he flies into a *fury* [*rage*] for the slightest reason.（當他為了雞毛蒜皮的理由而發飆的時候，和他爭論是沒有用的。）

上面最後一個例句中，fly into a fury [rage] 是表示「非常生氣 (= get very angry)」的意思。此外，我們也要稍微注意一下，like fury 是表示「猛烈地；拼命地」之意，這種用法也很常見。

- She worked like *fury* to get the papers ready in time.
（她拼命地工作以趕在時間內將報告準備好。）

除此之外， 與 「怒氣」 相關的字彙， 意義比較強烈的還有

indignation、irritation、wrath 等字。indignation 這個字所表達的，並不僅僅是個人在情感上的「憤怒」，還帶有個人對於社會弊端或不公正現象的「義憤填膺」、「不滿」的心理狀態。

- He expressed his *indignation* at being unfairly laid off.
  （他對於遭到不公平的解僱表達了憤怒。）

同樣地，irritation 這個字除了表示情緒上的「氣憤」之外，還隱含著「焦躁不安」的感覺。

- "It's a silly story," he said with some *irritation*.
  （「這是個蠢故事，」他氣惱地說。）

而 wrath 這個字則帶有強烈的復仇心，表示「非常憤怒」，是較為文言的用字，通常用於地位較高的人對地位較低的人所發出的「憤怒」。例如：

- the *wrath* of God（神的憤怒）
- *The Grapes of Wrath*（《憤怒的葡萄》）

第二個例子是美國小說家約翰・史坦貝克(John Steinbeck)的小說標題，具有與上例「神的憤怒」一樣的象徵意義。

幾個

several > a few

若把 several 和 a few 相提並論，兩者在「幾個；一些」的意思上雖然是相同的，但一般而言，several 指的是三個、四個到十個之間的數量；a few 則表示二個到三個的數量。因此，若從數量的概念上來說，several 要比 a few 多一些。

- There are *several* [*a few*] errors in his view.
  （他的看法裡有幾個[些許]錯誤。）

為了要證明 several 在數量上確實比 a few 多，在下面的例句中，我們同時使用了 several 和 a few 兩個字來做說明。

- *Several* boys dropped in during the day, but only *a few* stayed for dinner.（有好幾個男孩白天順道來過，但是只有幾個留下來吃晚飯。）

上面這個例句中，若我們將 several 和 a few 的位置交換的話，句子就會變得很不自然。那麼，同樣表示「幾個；一些」的 some 又是怎樣的情況呢？一般說來，some 這個字用來表示三個以上的不確定數量，其後接不可數名詞或可數名詞的複數形，可指全體之中的某一部分（一大部分或一小部分），範圍較廣，在中文裡一般都是以概括性的「有些」來形容。相對之下，several 後面接的大多是可以數出實際數量的具體事物，範圍比較明確。因此，就整個語句的意象來說，some 在數量上的概念要比 several 來得大。所以，如果把 some 拿來和 several > a few 放在一起比較的話，其順序就會像下面一樣——

some ≥ several > a few

此外，some 用來表示「幾個；一些」之意的時候，通常發輕音[səm]（這時的 some 也可以縮寫成 s'm）。但是，如果 some 用來表達某樣東西是「存在的」這層意思時，通常就會發重音[ˋsʌm]，這一點應該要特別注意。

池

lake > pond > pool

依照上面所標示的順序，大家應該知道 lake 是最大的，pool是最小的。lake 指的是「面積非常廣大的一片水域」，也就是「湖泊」的意思；pond 在美式英文裡指的是比 lake 小的「湖」，但在英式英文裡指的則是「池塘」的意思，特指給家畜喝水用的池塘；pool 則是比 pond 更小的「小池塘」，就是「蓄了水的水塘」之意。

- We went boating on the *lake.*（我們到湖上划船。）
- We went fishing in the *lake.*（我們在湖裡釣魚。）
- They had a walk around the *pond.*（他們沿著池邊散步。）
- There appeared some *pools* around the cabin.
  （在小屋四周出現了幾個小水塘。）

在上面的前兩個例句裡，分別使用了不同的介系詞 on 和 in，請特別注意兩者之間的區分。此外，有關第四個例句裡的 pool，有兩點需要說明：①這裡的 pool 也可以指游泳池。②雖然 pool 這個字也可以用來表達小水塘、小水坑之意，但是如果要表達因為下雨而產生的小水坑時，通常會用 puddle 這個字，這一點也請特別注意。

另外，與 lake 相關的字詞裡，swamp（沼澤）這個字因為也是面積廣大的水域，就某個角度來說，其意與 lake 相近。但是，swamp 除了面積廣大的水域之外，水裡也長滿了水生植物。此外，表示「泥沼」之意的有 bog（積水很多，植物腐爛後混著泥巴沈積， 往往形成一腳踩進就身陷其中而動彈不得的沼地）、marsh（軟爛潮溼、充滿有機物質的沼澤地）、quagmire（又軟又溼的沼澤地）等字，都是長滿水生植物的泥沼。

講到「泥沼」，我們一般都用 slime 這個字來表示泥沼裡面的「爛泥」。slime 這個字通常表示沈積在沼澤底下或河川底部「黏稠狀的軟泥」。但是請注意，如果要指一般我們在馬路上所看到的爛泥巴時，則使用 mud 這個字。

總是

always > usually

always 和 usually 這兩個字都是頻率副詞，若要解釋這兩者頻率的關係，大概是以下的情形：

nearly always = usually

上面這個式子表示雖然兩者頻率的程度不盡相同，但是卻相差無幾。不過，如上所示，always 在頻率上是略高於 usually 的。

- He *always* goes to Paris for his summer vacation.
  （他一向到巴黎過暑假。）
- I'm *usually* in bed by ten.（我通常10點前就寢。）

當然，在 always > usually 的頻率之下，還可將其他的頻率副詞由高至低排列如下——

always > usually > often/frequently > sometimes/occasionally > seldom/rarely > never

從上面的順序中，我們可以看到程度最高的頻率副詞當然是 always，而和 always 完全相反的則是 never（絕不；從不）

這個字。此外，介於中間的 often/frequently （常常）、sometimes/ occasionally（有時；偶爾），還有 seldom/rarely（鮮少）等兩兩並列的字，也可以視為頻率幾乎相等。當然，也有人認為它們的頻率高低應該是： often > frequently；sometimes > occasionally；seldom > rarely。但是，為什麼是這樣的順序呢？

首先，我們先來看看 often/frequently 這一組。often通常指「時間上的間隔較具規則性」，而 frequently 則隱含有「時間上的間隔偏短」之意。所以，一般認為，often 的次數在時間上比較規則，被認為頻率較高。

其次，我們看 sometimes/occasionally 這一組。sometimes 表示「時間上每隔一段時間的」，而 occasionally 則表示「時間上不規則的；偶爾的」這類的感覺。所以，一般認為，sometimes 的次數是「每隔一段時間的」，被認為頻率較高。

最後，請看 seldom/rarely 這一組，我們可以用下面的等式來解釋它們之間的關係：

seldom = not often
rarely = not at all often

也就是說，rarely 表示「完全不常（做）…」的意思。相對於 rarely 的全盤否定，seldom 只是「很少（做）…」的意思，比較帶有肯定的意涵。因此，一般認為，seldom 的頻率要比 rarely 來得高。

- She *rarely* [very *seldom*/*hardly ever*] eats breakfast.

(她很少[幾乎不]吃早餐。)

從上面的例句中可以發現,我們也可以用 hardly ever 來替代 seldom 和 rarely。但在口語中,大家比較喜歡使用 almost never 的說法。

- I *almost never* see her, but yesterday I ran into her at the station.
  (我幾乎見不到她,但是昨天我卻在車站遇見她了。)

港灣

gulf > bay > cove

gulf 指的是規模最大的海灣；bay 則是比 gulf 小一點的海灣；而 cove 則是指比 bay 更小一點的港灣。在英式英文裡，形容跟 cove 相同規模的小港灣，通常會用 creek 這個字。不過，在美式英文中，creek 指的則是小河的意思。請看以下的例子：

- the Persian *Gulf*（波斯灣）
- The *Gulf* of Mexico（墨西哥灣）
- (the) *Gulf* Stream（墨西哥灣流）
- the *Bay* of Tokyo/Tokyo *Bay*（東京灣）
- Yokohama *Bay* Bridge（橫濱海灣大橋）

看完上面的五個例子，相信大家已經大致能夠區分 gulf 和 bay 這兩個字。大體而言，像這類以知名的專有名詞來表示的港灣，通常規模就已經是 gulf 或 bay 的等級了。而 cove 這個字因為所指的規模太小了，所以通常不會和專有名詞一起搭配使用。此外，inlet 這個字也可以表示「港灣；（河的）出海口」的意思，其規模大小大概是介於 bay 和 cove 之間。

陰暗的；憂鬱的

dismal > gloomy

dismal 在語氣上要比 gloomy 強很多。dismal 的語氣遠超過「陰暗；憂鬱」，甚至給人「淒涼」的感覺。

- Our future seems rather *dismal* [*gloomy*].
  （我們的未來看來是相當灰暗。）

這兩個字裡面，gloomy 也可以用來形容人。例如：

- She is such a *gloomy* girl that I can't get her to smile.
  （她是一個如此憂鬱的女孩，我沒辦法逗她笑。）

當然，用來形容人「陰鬱」還可以用 dark、dreary、cheerless 等字。只是，dark 指的是「悲觀而陰鬱的」；dreary 指的是「孤寂而陰鬱的」；而 cheerless 則是「不快樂的；沮喪而陰鬱的」。

- He is always looking on the *dark* side of things.
  （他總是看事情悲觀、陰暗的一面。）
- It was a *dreary* [*cheerless*] rainy day.
  （這真是個陰沈[令人沮喪]的雨天。）

由以上例句我們可以發現，毋須硬將 dark、dreary、cheerless

放到 dismal > gloomy 的順序當中，因為它們在語意上是不同的。

接下來，我們來看看「灰暗的；陰鬱的」的反義字。cheerful、lively、merry 等字都可以表達「明朗的；爽朗的」之意。

- She is a very *cheerful* girl by nature.
  （她是個天性很開朗的女孩。）
- Let's sing a *lively* song.（讓我們唱一首輕快的歌。）
- She seems in a *merry* mood today.
  （她今天看來心情很愉快。）

若要細分的話，cheerful 指的是「精神飽滿；非常快活」；lively 則是「很熱鬧；很活潑」；而 merry 則是「很愉快；興高采烈」的意思。除此之外，「爽朗的；開朗的」的意思，也可以用 cheery、chirpy、gay、jolly、light-hearted 等字來表達。cheery 是指「很活潑；興高采烈」的意思；gay 是指「很快活的；很快樂的」的意思；light-hearted 則是用在「心情輕鬆、舒適自在的情況」。還有，chirpy 這個字主要用於英式英文，是比較口語化的說法。

- She gave a *cheery* smile and did a *gay* dance at the party.
  （舞會上，她綻放愉快的笑容，並快樂地跳了一支舞。）
- We went on a picnic and had a *jolly* time last Saturday.
  （上週六我們去野餐，玩得非常盡興。）
- He was in a *light-hearted* [*chirpy*] mood with her at the bar.（在酒吧裡和她在一起，他很開懷。）

此外，剛剛提到的 gay 這個字，還有「同性戀的」、「同性戀者」的意思。所以，如果要表達「爽朗的；明朗的」之意時，為避免招致誤會，一般我們會建議不要用 gay 這個字來表達。

懷疑的

doubtful > dubious

doubtful 和 dubious 這兩個字，可以分別簡單地解釋如下：

doubtful = full of doubt

dubious = feeling doubt

也就是說，doubtful 指的是「心中充滿懷疑」的意思，而 dubious 只是「覺得懷疑」，抱持著懷疑的念頭或感覺。因此，我們可以理解，doubtful 用來表達懷疑的感覺，是比 dubious 強烈的。

- I'm rather *doubtful* about that plan.
  （我對那個計畫相當質疑。）
- I'm still *dubious* about that plan.
  （我仍然對那個計畫半信半疑。）

在上面的例句中，由於 dubious 的懷疑程度比 doubtful 來得弱，正好和「半信半疑」的意思不謀而合。以這樣的角度來看，確實 dubious 在語氣上要比 doubtful 來得弱，但是，若從另一個角度來說的話，dubious 在表示「可疑的；令人起疑的」等懷疑他人有不法的行為時，dubious 反而比 doubtful 表示更強烈的疑慮，此時兩者的關係就成了——

dubious > doubtful

● He is a *dubious* [*doubtful*] person.
（他是個令人懷疑的人物。）

上面的例句中，dubious 所表示的「令人起疑的程度」就比 doubtful 來得高。若同樣要表示「令人起疑的」的意思，某些狀況下也可以用 suspicious 這個字。但是 suspicious 這個字是用來表示「因為不曉得這個人是否有做壞事的企圖，而對該人抱有相當程度的懷疑」。

● Her strange behavior made the police *suspicious*.
（她怪異的行為使得警察對她產生懷疑。）

suspicious 的動詞形是 suspect。而 dubious、doubtful 的動詞形則是 doubt。doubt 是「懷疑某人或某事的可信度」，也就是「懷疑某人或某事真的會…嗎?」，而 suspect 則是「懷疑某人做了某事」。二者懷疑的角度不同，doubt 是負面的懷疑，也就是「不信任」，而 suspect 則是較正面的懷疑，並非不信任，而是「猜想某事可能會發生」。因此，這兩個動詞之間懷疑程度的高低，具有如下的關係——

doubt > suspect

● I *doubt* he will come here today.
（他今天真的會來這兒嗎?）→我懷疑他不會來

- I *suspect* he will come here today.
  （我猜想他今天會來這兒。）→我預設他會來

此外，表達「可疑的」這個意思的形容詞還有 skeptical（在英式英文中的拼法則是 sceptical）和 questionable這兩個字。skeptical 是表示「心中存疑的狀態」(doubting)，對事物抱持著懷疑的態度；skeptic（或是 sceptic）不作形容詞，而當名詞使用時，則是「懷疑論者」的意思。其次，questionable 則是用在「有疑問的；不確定的(not certain)」的情況下。

- He says she will win the championship, but I'm *skeptical* about it.
  （他說她將會贏得冠軍，但對此我抱持懷疑。）

- It's *questionable* if she went there alone.
  （她是否一個人單獨去那裡是個問號。）

喜悅的

glad > pleased

glad 和 pleased 這兩個字，可以分別簡單地解釋如下：

glad = pleased and happy
pleased = happy

換句話說，pleased 單單只表示了「（內心因滿意而）高興」的意思，而 glad 除了有 pleased 的語意之外，還有「（喜形於外的）快樂、喜悅」的意思。因此，glad「喜悅的程度」比 pleased 來得大。

- How *glad* I'm to see you!（看到你，我是多麼的高興啊！）
- Are you *pleased* with your new home?
  （你還滿意你的新家嗎？）

此外，如上面的例句所示，這兩個形容詞都可以放在 be 動詞之後，當作敘述性的形容詞來使用。而且，也能如下面的例句所示，放在 be 動詞之前，當作限定性的形容詞來使用。

- She had a *glad* face.
  = She had a *pleased* look on her face.

（她臉上表情很高興。）

在敘述性的用法中，常被用來比較的是 delighted 和 pleased 這兩個字，其關係如下——

delighted > pleased

- I'm *delighted* [very *pleased*] with your response to my proposal.（我很滿意你對我提案的回應。）

這種情況下的 delighted 在「喜悅的程度」上要比 pleased 來得大，就如同上面的例句所示，因為 delighted = very pleased 的關係，所以我們可以把兩者的關係想成 delighted > pleased。其次，在限定的修飾用法上，常被用來比較的是 delightful 和 pleasant 這兩個字——

delightful > pleasant

- Thank you for the *delightful* evening [a *pleasant* time].（謝謝你，我們今晚玩得很愉快。）

此外，pleasant 還有「討人喜歡的」的意思，作此意解釋時，可以將 pleasant 和 pleasing 做個比較：pleasant 表示「在外觀和整體上給人的感覺良好」；pleasing 則是「（刻意地）做某件事使別人感受愉悅」的意思。因此，我們可以說，以「自然而然地令人愉快」的角度來看，pleasant 要比 pleasing 的程度來得高——

pleasant > pleasing

- He is a *pleasant* [*pleasing*] young man.
  （他是個討人喜歡的年輕人。）→限定的修飾用法
- You don't need to be *pleasing*, but you need to be pleasant.
  （你不必刻意去討好別人，但你得讓人對你有好感。）
  →敘述性的修飾用法

我們前面介紹過的用來表達「高興」之意的五個形容詞glad、delighted、delightful、pleased、pleasant，其共通的語意都是表示「喜悅的程度」。接下來，我們就來看看下面幾個表達喜悅之意的字在程度上又有何不同——

rapture > delight > joy > pleasure

這四個字中，喜悅程度最高的是 rapture，已經到了「欣喜若狂」的地步。不過，rapture 這個字一般用於正式文體或文章。

- We were in *raptures* at the good news.
  （我們都因為這個好消息而雀躍不已。）

接下來，delight 和 joy 這兩個字，可以分別簡單地解釋如下：

delight = great pleasure and satisfaction
joy = great pleasure and contentment

也就是說，delight 除了表示非常高興之外，也表示十分地滿足；而 joy 則表示除了非常高興之外，大致上也獲得了滿足之意。因此，兩相比較之下，我們可以說 delight 在語氣上比 joy 稍微強了一點。

- She took *delight* in reading my new book.
（她欣喜地讀著我的新書。）
- She jumped for *joy* when she saw her grandmother after a long time.（見到許久未見的祖母，她雀躍不已。）

pleasure 則表示「喜悅」之意，為一般最常見的用語。

- My daughter took no *pleasure* in playing house.
（我女兒一點也不喜歡玩跳房子的遊戲。）

此外，「喜悅」之意有時也可以用 enjoyment 這個字來表示。enjoyment 表示的是「平靜的喜悅；喜悅地沈浸於心中滿足的狀態」之意。

- I'm sorry, but I could get little *enjoyment* out of your poems.（很抱歉，但是我無法從你的詩中體會到樂趣。）

命運

luck > destiny > fate

「命運」這個字的意思，從好往壞的方向排列，可以得到如標題般的順序。luck 指的是偶然碰到的運氣，不論是幸運或不幸運的情況下，luck 這個字本身所表示的都是好運的意思。此外，與 luck 含義相同的還有 fortune 這個字，fortune 用來表達的好運比 luck 的程度大得多。

- I had a good *luck* [fortune] to be free from illness during the trip.（我很幸運地在旅程中沒有染上任何疾病。）

destiny 這個字所表示的未必一定是不幸運的意思，只是較為強調那是「無法逃脫的命運」。

- He couldn't escape his *destiny*.（他無法逃脫他的命運。）

fate 這個字，說得白一點，就是「命中注定、無法擺脫的宿命」。

- It's my *fate* to be unhappy all my life.
（一生不快樂是我的宿命。）

講到 fate 這個字，須特別注意的是，fate 的形容詞有 fatal 和 fateful 兩個不同的型態，兩者都有「生死攸關的；致命的」的意思。不過，就嚴重的程度來說，fatal 更強調「所帶來的結果是毀滅性的」，兩者的順序如下——

fatal > fateful

除此之外，其他表達「命運」之意的字詞還有 lot、misfortune、doom 等。而這三個字所標示的順序正表示了命運越來越差的程度。首先，lot 是比較文言、正式的說法；misfortune 則明確地指出了運勢不佳， 往往是蠻嚴重的不幸； doom 則是指比 misfortune 更為嚴重的厄運，這是指最後可能難以避免毀滅或滅亡的講法。

- We should learn to be content with our *lot* in life.
  （我們應該學著樂天知命。）
- He had the *misfortune* to fail in business.
  （他很不幸生意失敗了。）
- He went to his *doom*.（他邁向自己的毀滅。）

綜合以上所述，我們將前面所提到的表示命運的字詞，依幸運到不幸的順序排列，可以得到如下的結果——

luck / fortune > destiny > fate >
lot > misfortune > doom

在這之中，misfortune 指的是「不幸的事」，所以，也可以用來表示「災難」的意思。用以表示「災難」的意思時，我們可以將它和 catastrophe、calamity、disaster 這些字放在一起比較，從而得出以下的順序（其中，catastrophe 所表示的災難程度是最大的）——

catastrophe > calamity > disaster > misfortune

catastrophe 是讓人聯想到「(徹底毀滅或滅亡等的) 大浩劫」；calamity 一般則是指「(使個人精神或肉體上感到萬分痛苦的) 折磨；不幸」。

- The plane crash was a major *catastrophe* [*calamity*], causing hundreds of people to die.
  (那次墜機是一場毀掉數百條人命的重大災難。)

disaster 指的是比 misfortune 更為嚴重、會剝奪生命財產的大災難。

- The fire was a terrible *disaster* because hundreds of houses were burned down. (這場大火是一場可怕的災難，數以百計的房舍因此燒毀。)
- *Misfortunes* never come singly. (禍不單行。)

如同上面的例句所示，在諺語裡面，我們通常用 misfortune 來表示「厄運；災禍」。

樹枝

limb > branch > stick

branch 是表達「樹枝」之意時最常見的用字。比 branch 粗大的樹枝，我們稱作 limb (= a large branch)；stick 則是由樹枝砍下或折下的木棒、木棍(= a branch cut from a tree)。因此，依照上面所列的順序，limb 指的是最粗大的樹枝。

- She hung the futon on the *limb*.
  （她把墊被掛在樹枝上。）
- The monkeys were swinging from the *branches* in the cage.（猴子在籠裡的枝幹間吊來盪去。）
- They gathered some *sticks* to build a fire because of the cold.（因為天冷，他們堆了一些小樹枝來生火。）

bough 雖然也是大型樹枝的意思， 可是與 limb 不同的是，bough 指的是「樹枝的主幹」，而且帶有較為文言的感覺。

- She picked the blossoms on that *bough*.
  （她採擷開在樹枝上的花。）

相反地，若是小樹枝的話，則可以用 twig、shoot、sprig、spray 這幾個字。twig 是「細小的樹枝」，shoot 是「嫩枝；新芽」，

sprig 是「上頭長了葉子或小花的小樹枝」，而 spray 則是「（裝飾用的）帶有花、葉的小樹枝」。下面我們可以看一下 twig 和 sprig 的例子。

- Some birds build a nest from *twigs*.
（有些鳥類用小樹枝來築巢。）
- She is good at decorating the dish with *sprays* of parsley.（她很會用荷蘭芹的枝葉來妝點餐盤。）

此外，有些樹雖然生長、分出許多枝葉，但是還是有樹幹(stem)的感覺，樹型比 tree（喬木）低矮了許多，這類低矮的樹我們稱之為 bush（灌木）；還有些樹比 bush 的樹型更為低矮，分枝眾多，沒有明顯的樹幹，稱作 shrub（灌木叢）。因此，可以得知 bush 和 shrub 的關係是——

bush > shrub

也就是說，bush 比 shrub 來得高些、大些的意思。

- A bird in the hand is worth two in the *bush*.
（一鳥在手勝過兩鳥在林。）
- This azalea is her favorite *shrub*.
（杜鵑花是她最喜歡的灌木植物。）

上面我們用 stem 來表示 bush（灌木）的樹幹，但是 stem 除了是灌木的樹幹之外，也指「草本植物的莖」、「葉子的葉柄」。表示「莖」之意時，我們可以將 stem 和 stalk 這個字比較一下，如下所示——

stem > stalk

所以，stalk 用來表示比 stem 更細的莖。

或許

probably > perhaps > possibly

probably所表示的確定程度是相當高的，其確定程度依perhaps、possibly的順序依次遞減。我們來看看下面的例句：

- *Possibly* he is coming, but *possibly* he's not.
  （他可能來，但也可能不來。）
- Did he arrive at the station on time?—Yes, *probably*.
  （他有準時到達車站嗎？——應該有吧。）
- Did he catch the train?—No, *perhaps* not.
  （他有趕上火車嗎？——或許沒有。）

如上述第一個例句所示，當無法確定來或不來、確定性極低的情況下，一般來說，我們就會使用possibly這個字。在第二個例句中，由於probably本身所表達的確定程度相當地高，可以配合肯定的語氣(yes)來回答。而在第三個例句中，由於perhaps的確定程度並不如probably，所以配合否定的語氣(no)來回答。當然，以probably和perhaps回答的時候，不搭配yes或no也是可以的。例如下面這個例句：

- Will you be able to come with us tomorrow?—*Probably*

not.（你明天會和我們一起來嗎？——應該不會。）

這種情況下，藉由 Probably not. 這樣的回答，表示不可能的程度相當的高。

那麼，maybe 這個字的確定程度又如何呢？一般而言，maybe 和 perhaps 相比，maybe 是較為通俗的用法。雖然在美式英文中，maybe 的確定程度與 perhaps 差不多，但在英式英文裡，maybe 的確定程度被認為比 perhaps 來得低。

不管怎樣，一般來說，確定程度大致是依照probably、perhaps / maybe、possibly 的順序由高至低排列。如此一來，若要表達比較客氣、尊重的語氣時，除了 probably 以外的其他三個字，都可以使用。因為向對方提出要求的情況下，如果使用確定程度比較高的 probably，會帶有強迫別人答應的感覺，不太禮貌。因此，在這類的情況下，儘量使用 perhaps、maybe、possibly 這幾個字，委婉地提出詢問即可。

- *Perhaps* [*Maybe*] you'd like to join us for dinner.
  （也許你願意和我們一起吃晚餐。）
- Could you *possibly* lend me your car?
  （你可以借我車嗎?）

不亞於；不少於

no less than > not less than

一般來說，no less than 是以驚訝的口吻，強調「不亞於…；不輸…」的說法。但是，not less than 則只是以客觀的事實，單純地描述「不亞於…；至少」的說法。所以，兩者之間的關係如標題所示，no less than 是比 not less than 更為強調「相較之下不亞於…」的用字。

- *No less than* 10,000 people came there.
  （上萬人到了那兒。）
- There were *not less than* 10,000 people there.
  （那裡的人不會少於一萬人。）
- She is *no less* beautiful *than* her sister.
  （她的美麗比起她姊姊是有過之而無不及。）
- She is *not less* beautiful *than* her sister.
  （她的美麗不比她姊姊差。）

只是，在使用 no less than 和 not less than 的時候要注意，當同一個句子所強調的部分不一樣時，會使得整個句子的語意跟著轉變。例如，在使用 no less than 的時候，語意上就會有以下不同的情形。

- She has **no less** than **three cars**.（她有三輛車之多。）
- She has no **less** than three cars.（她最少擁有三輛車。）

此外，如果我們拿 no less than 和 not less than 相比的話，將會發現 no less than 在使用上是相當普遍的，可是 not less than 的使用卻不是那樣地常見，那是因為我們常常會使用 at least 來代替 not less than 之故。

- The temperature was *not less than* [*at least*] 35°C during the day.
  （白天的溫度不會少於[至少有]攝氏35度。）

而且，我們也要注意，若 no less than 省略了 than 及之後的所有的詞語而以 no less 的型態呈現，則表示「正是這個人」、「正是這個東西」之意的用法。

- Good heavens! It's Princess Diana herself, *no less*.
  （老天！這正是戴安娜王妃本人啊！）
- The fact is that she said *no less*.
  （她所說的一切正是事實。）

上面例句中 no less 作名詞片語使用。另外，在探討 no less than 的同時，我們也應該順便談一下 no more than 的用法。

- I read *no less than* 10 books during the vacation.
  （在假期中，我讀了多達10本的書。）
- I read *no more than* 10 books during the vacation.
  （在假期中，我讀的書不超過10本。）

從例句中我們可以了解——

no less than > no more than

no less than 是比較強調性的用法，相對地，no more than 則是「最多也僅有…」的意思，是比較內斂、較為客氣的用法。那麼，如果將 no more than 和 not more than 相比的話，兩者的關係會是——

no more than > not more than

這種情形和之前提過 no less than > not less than 的情況相同，not more than 所帶有的感情色彩並不比 no more than 濃厚，只是單純地就客觀的事實加以描述。

- She is *no more* beautiful *than* her sister.
  （她跟她姊姊一樣，不是很漂亮。）
  →她沒比她姊姊漂亮多少
- She is *not more* beautiful *than* her sister.
  （她沒她姊姊漂亮。）
- I go jogging *no more than* 10 miles every day.
  （我每天只慢跑10英里的路程。）
- I go jogging *not more than* 10 miles every day.
  （我每天慢跑不超過10英里。）→10英里或10英里以下

震驚；驚嚇；驚訝

astound > startle > amaze > astonish > surprise

如同標題所示的順序，astound 是驚嚇程度最高的字，用以表示「發生的事情完全出乎意料而令人大驚失色」之意。

- The news of their divorce *astounded* us.
（他們離婚的消息令我們大驚失色。）

驚嚇程度次之的是 startle 這個字，表示「因毫無預警而使人突然受到驚嚇」之意。

- You *startled* me! I didn't know you stayed here.
（你嚇著我了！我不知道你待在這兒。）

接下來的是 amaze 和 astonish 這兩個字。這兩個字雖然都用在「非常驚訝、一下子愣住了」的情況下，但在語氣上，amaze 要比 astonish 來得強。

- That *amazes* [*astonishes*] me!（那可真把我嚇了一跳！）

最後的 surprise 則是表示「吃驚」之意時最普遍的用字。

● It *surprised* me to hear that you'd been promoted again.
（聽到你又榮昇的消息真令我吃驚。）

此外，表達「吃驚」之意時，有時也可以用 appall 這個字（英式英文中拼作 appal)。不過，appall 這個字，不僅表示非常驚訝與震驚，更因而產生害怕或憎恨等情緒，其語氣強烈的程度甚至比 astound 還要高。因此，若要將 appall 這個字放進前述字詞中，appall 應該是語氣最強的。其順序如下——

appall > astound > startle >
amaze > astonish > surprise

● He was *appalled* when he knew that his father had been murdered.
（得知父親被謀殺的消息時，他萬分驚駭。）

就如例句中所示，一般而言，appall 會以被動的型態出現，appall 以外的其他字詞也是一樣。

● He was *astounded* [*startled*/*amazed*/*astonished*/*surprised*] at the news.（他對這個消息感到很震驚。）

另外，如果要表達「震驚」的意思，除了上述提到的字詞外，下面這幾個字也可以使用。例如：shock、stun、dumbfound、flabbergast 等。首先，shock 指的是「受到衝擊般地震驚」之意，而 stun 則是「受到驚嚇而目瞪口呆、不知所措」的意思。

● His sudden death *shocked* me.

= I was *shocked* at his sudden death.

(他的猝死令我震驚。)

- The news *stunned* her so badly.

  = She was so badly *stunned* at the news.

  (這個消息把她嚇昏了。)

stun 所受到「震驚」的程度要比 shock 來得大。所以，這兩個字的強弱關係如下——

stun > shock

其次， dumbfound 是指 「驚訝地說不出話來」 的意思， 而 flabbergast 則是較為通俗的用法，用以表示「非常震驚以致大腦完全無法思考」的意思。

- Her winning the prize *dumbfounded* me.

  = I was *dumbfounded* at her winning the prize.

  (她贏得大獎這件事令我吃驚得說不出話來。)

- He was absolutely *flabbergasted* at the price.

  (他完全被這個價碼給嚇呆了。)

從上面的例句來看， 只有 flabbergast 這個字一般必須以被動語態來表現，而上述其他的三個字，則分別可以使用主動或被動的形式。只是，雖然採用主動或被動所表示的意義並無不同，但是使用的前後文卻大有不同。以 shock 為例：

- Whom did his sudden death *shock*?

  (他的猝死令誰大為震驚?)

- What were you *shocked* at?（是什麼讓你這麼震驚?)

海峽

channel > strait

如果要表示「臺灣海峽」時，在 channel 和 strait 兩者之間，我們應該使用哪一個來表示才好呢?實際上，以臺灣海峽來說，我們不會用 channel，而會使用 strait 這個字，因為 channel 是指比 strait 規模更大的海峽。而以臺灣海峽的規模來說，strait 這個字是比較合適的。

- The Taiwan *Straits* lies between the Mainland China and Taiwan.（臺灣海峽位於中國大陸與臺灣之間。）

在這個例句中，雖然臺灣海峽是以複數形 straits 來表示，但是因為臺灣海峽是個專有名詞，因此接於其後的動詞還是要以單數來處理，這一點須要特別注意。而若是談到「英吉利海峽」的時候，我們就該使用 channel 這個字。請看下面的例句：

- The English *Channel* separates England and France.（英吉利海峽分隔了英國與法國。）

上面例句中 The English Channel 指的當然是英國與法國之間的海峽。那麼，要是談到連接英吉利海峽和北海之間的「多佛海峽」時，我們又該怎麼說呢? 答案是我們得用 strait 這個字，說成 the Strait(s) of Dover（這時 strait 這個字加不加 s 都可以）。

此外，必須注意的是，strait(s) 除了表示海峽之意外，還可以表示生病或貧困等「極為艱困的環境」之意。

- He's lost his job and we're in desperate *straits*.
  （他失業了，我們因而陷入困境。）

旋轉

whirl > spin > turn

turn 是表示「旋轉」之意時最常使用的用語，如果要表示比 turn 還要快速的旋轉的話，則使用 spin 這個字。whirl 則是指以比 spin 還要快速的旋轉。因此，若以旋轉速度的快慢來將這三個字加以排列的話，那麼 whirl 是這三者之中最快的。

- The dancers *whirled* around the floor to the beat of the music.（舞者們配合音樂的節拍在地板上快速旋轉著。）
- The big wheel was *spinning* [*turning*] on its axle.
（那個大輪子以輪軸為中心旋轉。）

這三個字也可以用來比喻「轉到頭暈」之意。因此，還可以用來形容「暈頭轉向」。

- I'm drunk and my head is *whirling* [*spinning*/*turning*].
（我醉得暈頭轉向的。）

除此之外，用來表示旋轉之意的字詞還有 twirl、revolve、rotate、gyrate 等。twirl 在旋轉的速度上與 spin 是不相上下的，因此，如果我們將 twirl 放進前述旋轉速度的快慢關係中，其結果如下——

whirl > spin / twirl > turn

- A couple were *twirling* joyously in the dance hall.
  (舞廳裡，一對情侶正愉快地旋舞著。)

其次，revolve 指的是像地球循著圓形的軌道行進般、繞著某個物品很規律地旋轉的情形， 而我們平常所說的旋轉門(revolving door)也用 revolve 這個字。

- The earth *revolves* around the sun in 365 days.
  (一年365天，地球都繞著太陽旋轉著。)

rotate 這個字則指的是像地球一樣，以某一個軸為中心自轉的情形。

- The earth *rotates* once every 24 hours.
  (地球每24小時自轉一次。)

如果上述例句改成以 revolve 這個字來表現的話，會變成：The earth revolves on its own axis once every 24 hours.，其意思也是相同的。最後，gyrate 指的是以圓的或漩渦狀的形式，不斷地搖擺並且旋轉，就像是陀螺般旋轉的樣子。不過，這個字的說法略顯生硬。

- They were *gyrating* wildly around the dance floor.
  (在舞池裡，他們像陀螺般瘋狂地旋舞著。)

恢復

regain > recover

曾經有一種標榜能夠恢復健康的糖漿，其商品名稱就叫作“regain”。如果有一種藥品能夠叫作“recover”的話，想必一定能夠打動消費者的購買意願吧。regain 這個字在強調「恢復」之意時，語氣要比 recover 來得強，表示「完全康復」的意思。

- He *regained* his energy soon after the accident.
  （意外發生之後，他很快地恢復了元氣。）
- He *recovered* consciousness soon after the accident.
  （意外發生之後，他很快地恢復了意識。）
- He *recovered* from a bad cold.（他從重感冒中康復了。）

如上面的例句所示，一般來說，regain 只有及物動詞一種用法，而 recover 則可作為及物動詞或不及物動詞來使用。在最後一個例句中，「從重感冒中康復」我們用 recover from，如果是從「小感冒(a slight cold)」中康復，我們用 get rid of、get over、be over 或 be gone 等方式來表達就十分足夠了。

- I've already *got rid of* [*got over*/*been over*] my cold.
  （我的感冒已經好了。）

- *Is* your cold *gone* yet?（你的感冒好了嗎?）

而且，regain 和 recover 並不光只是用在健康方面，連「失去的東西失而復得」的情形下也可以用這兩個字來表達。例如：

- My stolen jewelry was *regained* [*recovered*].
（我被偷的珠寶找回來了。）

但是，restore這個字卻只能用於「健康方面的恢復」。

- He was quite *restored* (to health) after his vacation.
（他在渡假之後已經完全恢復健康了。）

上面這個例句中，「恢復健康」也可以表示「疾病已經痊癒」的意思。「痊癒」這個意思也可以用 get well、get better、be cured、be healed 等說法來表示。

- I've *got well* [*got better*].（我已經好多了。）
- My duodenal ulcer has *been* completely *cured* [*healed*].
（我的十二指腸潰瘍已經完全治癒了。）

在後面這個例句中，be cured 只是說明「治療的結果」、「病已經好了」等情況，而 be healed 則暗示了「受傷的部分、傷口已經痊癒、癒合」了。

風

gale > wind > breeze

一般說到風，我們都會用 wind 這個字。跟 wind 有關的形容詞很多很多：gentle wind（微風）／light wind（輕柔的風）／biting wind（刺骨寒風）／cold wind（冷風）／cutting wind（徹骨寒風）／icy wind（寒風）／brisk wind（清冽的風）／high wind（大風）／strong wind（強風）／raw wind（凛冽寒風）／fair wind（和風）。

- The *wind* was blowing from the northwest.
  （風從西北方吹來。）

比 wind 還要強的風，稱作 gale。相反的，如果是比 wind 還要弱的風，則稱作 breeze。請看下面兩個例句：

- The old tree in front of my house was blown down in a *gale*.（我家門前的那棵老樹被一陣強風吹倒了。）
- Some national flags were flapping gently in the *breeze*.
  （幾面國旗在微風中輕輕地飄揚。）

我們還可以依據風的強弱不同來區分風的種類。和 gale 這個字一樣表示強風之意的字還有 blast、gust 等，但是，gale 和

blast、gust 不同的地方在於 blast、gust 這兩個字是表示「突然刮起的一陣疾風、狂風」，而且 blast 所刮起的風要比 gust 更久、強度更強。兩者的關係如下——

blast > gust

- A *blast* [*gust*] of the south wind blew the door shut.
  （南邊一陣強風吹來，把門給關上了。）

如果談到「一股風」的話，通常會用 draft（英式英文中拼作 draught）這個字來表示。

- I really felt the *draft*.（我真的覺得有股風在吹。）
- I caught (a) cold because I sat in the *draft*.
  （我因為坐在風口而感冒了。）

悲傷

grief > sorrow

講到「悲傷」，若從激動的程度來說，誠如標題所示，grief在悲傷激動的程度上比起 sorrow 更為強烈。grief 指的是「極度悲傷、哀慟」之意，而 sorrow 所傳達的悲傷則不像 grief 那麼激烈。所以，如果要表達親人去世的哀傷，一般而言，我們都會用 grief 這個字。

- She went nearly mad with *grief* when her husband died.
  （當她先生過世的時候，她悲慟得幾乎要發瘋了。）
- We should all share her *sorrow* over this accident.
  （我們應該分擔她經歷這次意外的哀傷。）

但是，若從「悲傷持續的時間」來看，我們必須特別留意的是 sorrow 這個字的哀傷期要比 grief 來得長，其情形如下所示——

sorrow > grief

其他帶有「悲傷」之意的字詞還有 sadness、lamentation、mourning 等。sadness 除了表示「悲傷」的感情之外，還帶有一點「哀愁」的感覺。

- There was a suspicion of *sadness* in his voice.
（他的聲音裡帶有一點哀愁的味道。）

其次，lamentation 和 mourning 則特別使用在對於他人的逝世所表現出的「哀悼」之情，其中，lamentation 是較為正式的說法，而且 lamentation 用來表達比 mourning 更為強烈的悲傷心情。這兩個字的關係如下——

lamentation > mourning

- There was *lamentation* throughout the school over the dead pupil.（全校到處充滿著對死去學生的哀悼。）
- We flew the flag at half-mast as a sign of *mourning* for the dead.（我們降半旗以示對死者的哀悼之情。）

相當地

rather > quite > fairly

當我們使用「非常地」、「相當地」、「稍微地」這類程度副詞的時候，不用多說大家就能夠明白，「非常地」所表示的程度是很高的，而「稍微地」所表示的程度是很低的。「相當地」這個詞，一般來說，程度上介於「非常地」和「稍微地」之間。但是，到底「相當地」所表示的程度是比較接近「非常地」呢？還是比較接近「稍微地」呢？表示「相當地」之意的英文裡，簡單地區分的話，rather 是比較接近「非常地」，fairly 是比較接近「稍微地」，而 quite 則是介於這兩者之間。

- You speak English *rather* [*quite* / *fairly*] well.
  （你的英語說得相當好[蠻好的／還不錯]。）

就上面的例句來說，fairly well 指的是「在日常會話上能夠溝通、表達」的意思。但是，如果用 rather well 的話，指的則是「不僅會話上能夠對答如流，對於專業領域也具有互相切磋討論的能力」。至於 pretty 這個字，可以將它視同為與 rather 大致相同的程度，只是 pretty 這個字較為口語。若將 pretty 加入上述字詞的順序當中，可以得到如下結果——

rather / pretty > quite > fairly

不過，須注意以下兩點：①說話時的語調，多多少少會影響到字義表達的程度高低。②由於英國人的陳述較為保守、含蓄(understatement)，美國人講話則要求精確、清楚。因此，同樣一句話，由英國人或由美國人口中說出，所表達的程度也就會有所不同。請看具體的例子：

- Your shirt is *quite* nice.（你的襯衫很不錯／還不錯。）

同樣的一句話，如果是美國人的話，他會把 quite 當作 very（很、非常）來使用，而很多英國人在使用 quite 這個字的時候，其實只是要表達 not too bad（還不錯）的意思。

- This book is *quite* **useful**.（這本書非常有用。）
- This book is **quite useful**.（這本書還蠻有用的。）
- This book is **quite** useful.（這本書還算有用。）

第一個例句中，說話者特別強調 useful，若句尾的語調跟著下降，那麼句中的 quite 就表示「非常地」的意思。第二個例句中，說話者同時強調 quite 和 useful 這兩個字，若句尾的語調跟著下降，那麼句中的 quite 就表示「相當地」的意思。第三個例句中，說話者特別強調 quite，若句尾的語調稍微揚升的話，那麼句中的 quite 就表示「還好、普通普通」的意思。

此外，如果 rather 和 fairly 要表示「相當地」之意時，在接續上必須特別注意以下兩點：①若與帶有正面含義的字連用時，那麼，rather 和 fairly 兩者都可以使用（如本篇最前面的例句裡的well)。②表示「相當地」之意時，rather 可以和帶有負面含義的字連用（如下面例句中的 stupid)；而 fairly 只能與帶有正面含義的字連用（如下面例句中的 clever)。關於剛剛提到的第二點的部分，請參考下面例句：

● He's *fairly* clever, but his brother's *rather* stupid.
（他相當聰明，但是他的哥哥／弟弟就非常愚蠢。）

上面例句的情況下， 不可以替換成 rather clever 和 fairly stupid 這樣的用法。但是，有時候像下面例句的說法也是可以的：

● He's *rather* clever.（他相當聰明。）

也就是說， 當 rather 與具有正面含義的字(clever)連用時，rather 的意義與 very 非常接近，為「相當地」之意。再假設一個狀況，若要用 rather 或 fairly 來修飾 hot 這個形容詞，但 hot 的正負面屬性並不是那樣地明顯，會因為每個人喜好的不同而呈現正面含義或負面含義時， 那到底要用 rather 還是 fairly 呢?

● This soup is *rather* [*fairly*] hot.（這碗湯相當地燙。）

也就是說，若覺得「哇，這麼燙！這湯能喝嗎？」而認為 hot 具有負面含義時，就用 rather hot。相反地，若覺得「嗯，這麼燙，太好了!」而認為 hot 具有正面含義時，就用 fairly hot。

河

river > stream > brook

一般提到「河川」，我們會用 river 這個字。而比 river 小的河流，就稱為 stream 或 brook (= small stream)。因此，河川的大小順序就如同標題所示，river 是大河，brook 則是涓涓細流。此外，美式英文中還有 creek 這個字（在英式英文裡則是「小港灣」的意思），可以將其解釋為：

creek = small narrow stream or river

照這樣的解釋來看，creek 指的是小小的溪流。因此，可以歸納出這幾個字的關係——

river > stream > creek

而且，還有一點要注意的是，stream 和 brook 這兩個字，若加上了「指小辭(diminutive)」——即用以表示「小的」之意的字尾，則會形成另外兩個字，即 streamlet 和 brooklet。

- We went swimming in the *river*.（我們在河裡游泳。）
- I like listening to the murmur of the *stream* [*brook*].

（我喜歡聽小河的低吟。）

順帶一提，「河底」——就是「河床(riverbed)」——上，通常會有許多隨著河水滾動的石頭，這些小石頭就通稱為 pebble。其他表示石頭的字還有 rock（岩石）、stone（石頭）、gravel（砂礫）等字。這些字的關係可以表示如下——

rock ≥ stone > pebble > gravel

但是，在美式英文裡是如此解釋 rock 的：

rock = a piece of stone; a mass of stone

由此可知，在定義上 rock 與 stone 並無特別強調誰大誰小，但一般的用法中，rock 既可以用來表示大石頭，也可以用來表示小石頭。

● The boys were throwing *rocks* [*stones*] at the car.
（這些男孩向車子投擲石塊。）

情感

emotion > feelings

- Love, hatred, and grief are *emotions*.
  （愛、憎、悲都是人的情感。）

這種情況下，若將 emotions 換成 feelings 的話，整個句子的感覺就會頓失。相反地，若要表達「覺得羞愧」、「感到懷疑」等的感覺時，使用 feelings of shame、feelings of doubt 就可以了。也就是說，若我們把 feelings 當作是表達「情感」的一般用語的話，emotion 所傳達的情感程度要比 feeling 來得強。

- Her speech had an effect on our *emotions*.
  （她的演講對我們的情感產生了影響。）
- I'm very sorry for easily betraying my *feelings*.
  （我對於輕易地流露出自己的情感深感抱歉。）

當然，若是用來表達「情感」之意的話，有時也可以用 sentiment 這個字。sentiment 這個字可以簡單地解釋如下：

sentiment = feelings of pity, love, sadness, etc.

就如同上述定義所顯示的，sentiment 指的是哀愁、愛、悲傷等的情感、情緒。

- All his works show noble *sentiments*.
  (他所有的作品都表現了高貴的情操。)

此外，用以表示「情感」，有時也可以用 passion 這個字。passion 的意思簡單地表達如下：

passion = strong, deep, often uncontrollable feelings of sexual love, hatred, or anger

就如同上述定義所顯示的，passion 特別指的是在愛、性、憎恨、憤怒等方面無法抑制的強烈情感。

- He expressed his burning [wild] *passion* for her.
  (他表達了自己對她熾熱[狂野]的愛。)

因此，若把 sentiment 和 passion 加入上面的順序中，就能得到下面的結果——

passion > emotion > feelings > sentiment

從這個關係中，我們可以知道 passion 的情感是最激烈的，而 sentiment 的情感則是最溫和的。

危險

peril > danger

danger 是表示「危險」之意的一般性用語；peril 則用以表示比 danger 的危險程度更高的危險，一旦發生，通常可能引起嚴重的損失或損傷，而且發生的時間緊迫，帶有難以避免的感覺，是較為文言的用語。

- He is in *peril* [great *danger*] of losing his job.
  （他正處於失業的危險中。）

雖然 hazard 這個字在「危險難以避免」的意義上，和 peril 一樣，但不像 peril 那麼強調「無法預測」和「突如其來」。此外，hazard 這個字所表示的危險程度也沒有 peril 那樣大。

- He was exposed to many health *hazards*.
  （他暴露在許多有害健康的危險狀況中。）

因此，若把 hazard 加入上面的強弱順序中，可以得到下面的順序——

peril > hazard > danger

此外，若要表達「危險」的意思，有時也可使用 risk 這個字。risk 是指「自己評估之後有所覺悟而願意承擔的危險、風險」。換言之，risk 是自己主動招致的危險，和上述三個字在性質上不大相同。

- Don't take such a *risk*.（別冒這樣的險。）

除了「危險」之外，與危險意義相近的還有「危機」這個字。「危機」在英文裡可以用 crisis、emergency、pinch 這幾個字來表達。當在面臨「重大而急迫的局面」的時候，我們就使用 crisis 這個字。

- We are now facing a financial *crisis* because of the rise in oil prices.
  （由於油價上揚，我們目前正面臨了財務危機。）

而在面對「需要立即處理的緊急狀態」時，我們則用 emergency 這個字。

- The plane made an *emergency* landing at Miami Airport.（飛機緊急迫降在邁阿密機場。）

所以，「安全門」就叫作 emergency exit，「急診室」就叫作 emergency room (ER)，用的都是 emergency 這個字。而 pinch 則特指因缺錢而產生「手頭拮据或生活困窘等危急的狀態」，所以，我們通常會用 in a pinch 來表示「處於危急的狀況」（在英式英文裡則用 at a pinch）。

- I'm beginning to feel the *pinch* because I'm now out of

work.（由於目前失業，我開始感覺到生活的困窘不堪。）

- You could manage about 30 million yen in a *pinch*.
  （在危急的狀況下你可以支用三千萬日圓。）

期待

expectation > prospect

對某件事情心存期待，有可能是抱持著相當的信心，堅信期待的事情必定會實現；也可能並不抱持太大的信念，只是存有一絲希望罷了。expectation 這個字，指的就是對所期待的事情抱持著相當強烈的信念，相較之下，prospect 所表示的信念就沒有這麼強烈。

- He had much *expectation* of passing the entrance exam.（他對於通過入學考試有著相當高的期待。）
- I see little *prospect* of this work being finished before 6 p.m.
（我看要把這個工作在下午六點前完成是沒什麼指望了。）

要表達「期待」之意，有時也可以用 anticipation 或 hope 這兩個字。anticipation 是「預期」的意思，重點放在「做好了心理準備」這個部分；hope 這個字則表示「對某件極可能發生之事的期待」。

- People were waiting outside for the store to open in eager *anticipation*.（人們在外頭引頸盼望著商店開門。）

- We've deferred the trip for a week in the *hope* that the weather will improve.（抱持著天氣會變好的希望，我們已經將旅行延期了一個禮拜。）

若期待之事可能實現的程度不是那麼高的情況下，我們就會用 wish 這個字。將 hope 和 wish 做比較，即可以得出下面的關係——

hope > wish

但在實際的使用上，有一點必須特別加以注意的是，hope 和 wish 這兩個字在意義上會有微妙的不同，如同下面兩個例句所顯示：

- I've no *hope* of going there.（要去那裡，我是沒希望了。）
- I've no *wish* to go there.（我一點也不想去那裡。）

貴重的

invaluable > valuable

valuable 有兩層重要的意思：一是表示「貴重的」，二是表示「價值高的」。就「貴重的」之意來說，invaluable 比 valuable 所表示的意義更為強烈，表示「價值貴重到無法估計」的意思，通常用來形容行為、言語等非具有實質價格的事物。

- Your advice is *invaluable* [*valuable*] to me on my journey.（你的建議對我的旅程而言是非常重要的。）

若是要表達貴重之意，有時也可以用 precious 這個字。但是，precious 指的是「無法用金錢購得、價值非凡的珍貴物品或事物」。因此，precious 與強調東西「貴重、重要」的 valuable 相比，兩者在意義上是有差異的。

- This book is my most *precious* possession.
（這本書是我最珍貴的收藏。）

此外，valuable 還有「（金錢上）高價的」之意。表示此意的 valuable，我們可以把它和 priceless 這個字相互比較一下，而得出以下的關係——

priceless > valuable

priceless 通常用來形容物品「珍貴到無法以價格來衡量；無價的」，其語氣比 valuable 強得多。

- This old book is *priceless* [*valuable*].
  （這本古書非常珍貴。）→是無價之寶

此外，valuable 的反義字則有 valueless 和 worthless 這兩個字， 無論是哪一個， 都可以用來形容沒有價值的事物， 而 worthless 則是一般較常用的用語。

- My jewels turned out to be completely *worthless* [*valueless*].（我的珠寶首飾原來根本一文不值。）

嚴格的

stern > severe > strict

strict 這個字通常用於「嚴格地要求別人遵守規則」的狀況。severe 這個字則比 strict 還要嚴格，不容許任何失敗或些許的變更，所以「讓人一點都感受不到親切的感覺」，還讓人覺得有點「冷酷」。

- He is very *strict* with his son.（他對自己的兒子很嚴格。）
- He had a *severe* look on his face.
  （他的臉上有種嚴厲的表情。）

在第一個例句裡，使用介系詞 with 的意思是表示「管教兒子的方法很嚴格」；如果用的介系詞是 on 的話，就會表現出「給予兒子嚴厲懲罰」的感覺。而 stern 在嚴格的程度上比 severe 更變本加厲，「不但毫不留情，還讓人心生畏懼」。

- Mr. Cox is a *stern* teacher.
  （寇克斯先生是一位很嚴厲的老師。）

比較上面所述各個例句，將表示「嚴格的」之意的語詞依強弱順序來排列的話，可以說 stern 在嚴格的程度上是最強的，而 strict 則是最弱的。

當然，用以表達「嚴格的」之意的語詞還有 rigorous、austere、harsh、fierce 等。首先，fierce 的意思可以解釋如下：

fierce = very severe

由上述關係中，我們可以知道 fierce 在嚴格的程度上比 severe 來得高，但是它並沒有嚴格到 stern 的程度。

- The competition for jobs is *fierce* because the depression is serious.
（由於景氣蕭條，工作的競爭是很嚴苛的。）
- She had a very *fierce* look on her face.
（她的臉上有種非常嚴厲的表情。）

因此，如果我們把 fierce 加入上述的順序中，就可以得到以下的關係——

stern > fierce > severe > strict

其次，rigorous 是指「嚴密地、緊湊地令人喘不過氣來」般地「嚴格」的意思。

- He overcame the *rigorous* hardships of the journey.
（他克服了旅程上的刻苦艱辛。）

austere 則是指「情緒不表露於外」的嚴格，帶有「冷靜而莊嚴」的感覺。

- A lot of sisters lead an *austere* life in the convent.

（許多修女在修道院裡過著嚴格律己的生活。）

harsh 則表示「嚴厲的；說話尖酸刻薄的」之意。

- He is *harsh* to his apprentices.
  （他對自己的弟子很嚴厲。）

如果要表示「天氣很炎熱或嚴寒」之意，我們用 severe 這個字來表達就可以了。

- We have a *severe* winter [summer] around here.
  （我們這裡的氣候冬天嚴寒[夏天炎熱]。）

瘋狂的

insane > mad > crazy

insane 和 mad 所表達的意思，可以簡單地解釋如下：

mad = ill in the mind
insane = seriously ill in the mind

從上述的說明中，我們可以知道 insane 在瘋狂的程度上要比 mad 來得嚴重，表示「嚴重精神異常的狀況」。

- "Your mother must be *insane* to let a child like you wander around at all hours of the night...and in such ridiculous clothes. She must be out of her mind."
（「你媽媽一定瘋了，竟讓你這樣一個孩子徹夜四處遊蕩…還穿著這樣可笑的衣服。她一定是精神不正常了。」）
- Mother was almost *mad* with jealousy.
（母親嫉妒到幾乎要瘋了。）

第一個例句是美國作家楚門・卡波特(Truman Capote)的著名短篇小說 *Miriam* 中的一節。從其使用了 insane 這個字，我們可以知道作者特意強調 Miriam 的母親精神異常的狀況，之後又使用了 be out of one's mind（失去理智；忘了自己是誰）這個與 insane 意義相當的片語，用意也是一樣。而 crazy 這個字在瘋狂的程度上比 mad 輕微得多，一般用在句子之中多指「你在搞什麼啊!」的情況，是比較通俗的用法。

- You're *crazy* to do that.（你那麼做真是瘋了。）
- Are you *crazy*?（你瘋了嗎?）

強迫

force > compel > oblige

這三個動詞雖然都是「強迫」的意思，但在意義上具有「迫使某人做…」之意，所以也帶有使役動詞的色彩。若以上面所標示的順序來看，force 的「強迫力量」是最強的。

- He won't do it unless you *force* him to.
  （除非你強迫他，否則他不會做這件事。）
- The exam *compelled* him to study hard.
  （考試迫使他用功讀書。）
- The serious depression *obliged* him to close the factory.（嚴重的不景氣迫使他關閉工廠。）

這三個動詞也可以採用「be + 過去分詞 + to不定詞」的型態，表示「不得不…」之意。

- He was *forced* [*compelled* / *obliged*] to do it.
  （他不得不做了這件事。）

除了這三個動詞以外，coerce、constrain 等也可以表示「強迫」的意思，但都是比較正式的說法。而且，coerce 具有比 force 更為強大的「脅迫力量」，通常採用「coerce A into B」的型態。

這一點 force 和 compel 也相同，有時也會採用「force [compel] A into B」的型態。

- He *coerced* her into silence.（他脅迫她三緘其口。）

因此，若將 coerce 加入上面的順序中，可以得到如下的強弱順序——

coerce > force > compel > oblige

constrain 這個字是帶有束縛感的「強迫」，意即藉由限制對方的行動、選擇自由而「強迫」對方不可依自己的意志輕舉妄動。這一點和上面其他四個字略有不同。

- What he told me *constrained* me to tell the truth.
（他的一番話逼得我說出實情。）
- She was *constrained* to agree.（她被迫贊成。）

懼怕

terror > dread > fear

fear 指的是因為預想可能發生的危險而在心中產生的「恐懼」。我們可以將 dread 和 terror 這兩個字用 fear 來解釋：

dread = great fear
terror = extreme fear

換言之，如果 fear 只是單純地指「懼怕」的話，dread 就是「非常地懼怕」，terror 則是「極度地懼怕」。因此，「懼怕」的強弱如上所示，terror 的懼怕是最強烈的。

- I've a *terror* [*dread* / *fear*] of snakes.（我怕蛇。）

terror 是非常通俗的用法，值得注意的是，terror 也經常被用來形容「令人害怕的人、事、物」，特別是指小孩子是「小麻煩」、「小搗蛋鬼」時。

- You're a perfect *terror*! Can't you be a little more quiet?
  （你真是個十足的小麻煩！你不能安靜點嗎?）

除此之外，用來表示「懼怕」之意的用語還有 fright、horror、scare、panic 等。fright 跟 scare 雖然都用以表示「害怕的感覺(the feeling of fear)」，但是 scare 所表示的恐懼感較為偏向「因毫無心理準備而對於突如其來的事物所產生的恐懼」。

- She was shaking with *fright* as if she had seen a ghost.
  （她就像看到幽靈般害怕地全身顫抖。）
- He gave me a *scare* because he appeared suddenly in the dark.（他突然從黑暗中現身，把我嚇了一跳。）

我們從「恐怖電影(horror film)」、「恐怖小說(horror fiction)」都使用 horror 這個字就可以知曉，horror 指的就是「令人毛骨悚然、打冷顫」般恐怖的感覺。

- The news of the traffic accident filled me with *horror*.
  （那起交通事故的消息讓我打了個冷顫。）

panic 這個字則指因為缺乏正確的資訊，導致群眾心理上莫名的恐懼，換句話說，就是「恐慌」的意思。

- People were into a *panic* when the riot broke.
  （當暴動爆發時，人們陷入一片恐慌。）

厭惡

abhor > detest > hate > dislike

abhor 是意義非常強烈的用語，表示「極端厭惡；深惡痛絕」的感覺，相反地，dislike 則只是表示「不喜歡」之意的普遍用語。而介於兩者之間的 detest 是「非常厭惡」之意，hate 則是「厭惡」的意思，是一般最為通俗的用法。因此，「厭惡」程度的強弱如上所述，abhor 是四者之中意義最強烈的，dislike 則是四者之中意義最微弱的。

- I *abhor* [*detest* / *hate* / *dislike*] people who tell lies.
  （我很討厭說謊的人。）

在上面的例句中，我們用了名詞子句當受詞，其實，也可以用動名詞或 to 不定詞當受詞。

- I *hate* telling [to tell] lies.（我討厭說謊。）
- I *hate* people telling [to tell] lies.（我討厭人們說謊。）

但是，當 hate 作「憎恨」之意時，受詞就只能用名詞或名詞子句。

- I *hate* her now, but I loved her years ago.

（我現在恨她，但我幾年前還愛著她。）

此外，hate 還有一種相當口語的用法，帶有「些許遺憾」的意思，受詞則使用動名詞或 to 不定詞。

- I *hate* telling [to tell] you this, but you're wrong to lay the blame on some others.

  （遺憾地告訴你，你把責任推給其他人是不對的。）

那麼，abhor、detest、dislike 這些字後面接的又是什麼呢？這些字除了用名詞、名詞子句當受詞之外，全都可以用動名詞當受詞，但是全都不能用 to 不定詞當受詞（與 hate 意義相近的 loathe 其情形也與這些字相同）。這一點和表示「厭惡」的 hate 是不同的。

- I *abhorred* [*detested* / *disliked*] going to school.

  （我很討厭上學。）

接下來，我們來看看與「厭惡」之意相反的「喜歡」。表示「喜歡」之意的字詞有 love、be fond of、like 等。其強弱順序如下所示——

love > be fond of > like

love 是其中程度最強烈的用語，而與 love 的喜歡程度相近且相當口語的是 adore 這個字。

- She said, "I *love* [*adore*] (going to) the cinema."

  （她說：「我好愛看電影。」）

雖然 be fond of 表示喜愛的程度沒有 love 來得強烈，但是，be fond of 指的是一種長期的喜愛，表示「一直非常喜歡」，帶有「依戀」的感覺。

- He has a lot of faults, but I*'m* very *fond of* him.
  （他有許多缺點，但我還是很喜歡他。）

like 則是用來表示「喜歡」之意最普遍的用語。

- I *like* my drink (to be) cold.（我喜歡喝冰的飲料[酒]。）
- I *like* swimming [to swim] in the pool.
  （我喜歡在游泳池游泳。）

第一個例句中的 to be 可有可無，如果沒有的話，給人一邊喝著飲料[酒]一邊說道：「如果我的飲料[酒]是冰的該有多好」的感覺。相反地，如果是有 to be 的話，則未必一定要喝著飲料[酒]時才能說這句話，只是表明「（一般來說）我喜歡冰的飲料[酒]」，有這樣的喜好而已。此外，如果要表示「我喜歡喝冰的飲料[酒]」，在說 I like my drink (to be) cold. 時語調必須下降。此外，第二個例句中，like 的受格雖然可以用動名詞或是 to 不定詞，但是兩者之間其實語意上並不相同，也就是說，①後面接動名詞時表示「我習慣上比較喜歡在游泳池游泳」之意，但是後面接 to 不定詞時則有「（在某個特定的時間，）我想去（某一個特定的）游泳池游泳」的感覺；②後面接動名詞時通常用以回覆詢問「一般的情形或習慣的行為」，但是後面接 to 不定詞時則用以回覆詢問「說話當時的興致或希望」。

其他表示「喜歡」之意的語詞還有 prefer、care (for) 等。prefer

這個字是用來表示與其他同性質的事物相比之下「比較喜歡…」的意思，可以簡單地解釋如下：

prefer = like better

- Would you like whiskey or beer? — I'd *prefer* beer, please.（你要威士忌還是啤酒？——我比較喜歡啤酒。）

care (for) 這個字在意義上與 like 幾乎同義，主要用於疑問句或否定句。

- I don't *care* to do it.（我不想做。）
- Would you *care for* coffee? —I don't really *care for* coffee; I like tea better.（你想來點咖啡嗎？——我不是很喜歡咖啡，我比較喜歡茶。）

虔誠

devout > pious

一般來說，devout 是指「從內心深處衷心地信仰」，而 pious 則帶有「（表面上看起來是）篤信神的」之意。所以，若以虔誠的強弱程度來說，devout 是比 pious 強烈的。

- He is a *devout* [*pious*] Christian.
  （他是一位虔誠的[篤信神的]基督徒。）

此外，用以表示「虔誠」之意的名詞有 devoutness、piety、piousness 等三個字。piety 是一般最為普遍的用法，但是因為語意略顯正式，通常用以表示對於宗教、傳統、祖先、民族等的「虔敬」。

- He offered a prayer full of *piety*.
  （他獻上滿心虔誠的禱告。）

講到「虔誠」，我們當然不能忘了還有「信仰；信任」。相當於「信仰；信任」的字有 faith、belief 等，這兩者在信仰程度的比較如下——

faith > belief

- He's beginning to deepen his *faith* [*belief*] in Christianity.（他開始越來越堅信基督教。）

此外，若提到「信仰自由(freedom of religion)」時，則會用 religion（宗教；信仰）這個字。

輕蔑

contempt > scorn

表示「輕蔑」的強弱順序如上所示，contempt 在情感上的強度比 scorn 強得多。

- She took no notice of him and treated him with the *contempt* he deserved.
  （她無視於他的存在，而且以他應得的輕蔑態度對待他。）
- He gave his friend a look of *scorn*.
  （他鄙夷地看了他朋友一眼。）

disdain 這個字的輕蔑程度與 contempt 不相上下，是較為正式的用語。disdain 可以用來表示「輕蔑；鄙視」之意，但是當動詞使用時，不僅表示「非常輕蔑」之意，還有「因為鄙視而拒絕接受」的意思。

- She *disdained* all their offers of help.
  （她鄙棄他們提供的所有援助。）

scorn 這個字亦表示「輕蔑」之意，當動詞使用時，與 disdain 一樣，也有「因為鄙視而拒絕接受」的感覺，但是用法較為正式。

此外，表示「輕蔑」之意的動詞還有 despise、insult 等。despise 這個字是單純表示「輕蔑」之意的一般用語；insult 則有「以輕蔑的態度對待人或事物」的感覺。值得注意的是，insult 所表示的並不僅是情緒上或言語上對於他人的輕蔑態度，甚至表現在實際動作或行為上對他人的「侮辱、羞辱」。因此，若要表示「輕蔑」的強弱程度，結果應如下所示——

insult > despise

- You'll *insult* him if you don't go with him.
  （假如你不和他一起去就是鄙視他。）
- He was *despised* by his classmates.
  （他被他的同學輕視。）

此外，口語中通常用 look down on [upon] 表示「輕蔑」之意。就如同字面意義所表現出來的，是「往下看」的意思，帶有「不被視為同等級」的感覺。

- He *looks down on* people who don't have pride in themselves.（他看輕那些毫不以自己為傲的人。）

slight 這個字則不到「輕蔑」的程度，其語意大約與「輕視」相當。slight 也可作動詞使用，用以表示「輕視對方、無視於對方而對對方採取冷淡的態度」等。

- I take your remark as a *slight* to me.
  （我認為你的話是對我的一種輕蔑。）
- I'm afraid I was *slighted* by my girlfriend.

（我擔心被我女朋友看輕。）

決心

resolve > determine > decide

resolve = make a determined decision
determine = form a firm decision

resolve 的定義中使用了 determine 的形容詞 determined，以及 decide 的名詞 decision，有「下了堅決的決定」般強烈的語意；determine 的定義中則使用了 decide 的名詞 decision，表示「產生堅定的決心」之意，為比較正式的用語。綜合上述，我們可以得出如標題所示的結果，若要表示比 decide 更堅定的「決心」，就要用 determine；若要表示比 determine 更為堅決的「決心」就要用 resolve。

- Once he has *resolved* to do it [on doing it/ that he will do it], we won't get him to change his mind.
  （一旦他決意要做，我們就無法讓他改變心意。）
- He *determined* to go there at once [that he would go there at once].（他下定決心立刻去那裡。）
- He *decided* to go abroad [that he would go abroad].
  （他決定出國。）

第一個例句中，resolve 後面可以接 to 不定詞、動名詞、that 子句等，而且還有形容詞 resolute 的用法也須留意。

- You should be *resolute* in your efforts.
  （你必須更加不屈不撓地努力。）

第二個例句中，determine 後面可以接 to 不定詞及 that 子句。同樣地，我們也必須留意 determine 和其形容詞 determined 的用法並不相同。第二個例句中 determine 所強調的是下定決心的「動作」，而下面的例句中 determined 強調的則是下定決心的「心理狀態」。

- He was *determined* to go there.
  （他下定決心無論如何都要去那裡。）

第三個例句中的 decide，除了如上面的例句所示，後面可以接 to 不定詞及 that 子句之外，也可以如下面的例句所示，接名詞或動名詞。

- We must *decide* about a date for the next meeting.
  （我們必須決定下一次會議的日期。）
- He *decided* on marrying her.（他決定與她結婚。）
- I've *decided* on Geneva for my next summer vacation.
  （我已經決定明年暑假要去日內瓦。）

上面的例句中，decide about 通常用於「接下來該決定…」的情況，而 decide on 則多用於表示「已經決定了某件事」的情況。

此外，口語用法當中，經常使用 make up one's mind 或 set one's mind on 來表示「下定決心」之意。其強弱關係如下——

set one's mind on > make up one's mind

set one's mind on 用來表示比 make up one's mind 更為強烈的「決心」，定義如下：

set one's mind on = decide firmly

make up one's mind = decide

換言之，如果 make up one's mind 只是表示單純的「下決心」，那麼 set one's mind on 就是「堅決地下定決心」之意，語氣更為強烈。

- If she's *set her mind on* becoming a singer, nothing will stop her.（如果她已經下定決心要當歌手，就沒有什麼事可以阻止她。）
- She could not *make up her mind* whether she should get married.（她無法決定是否應該結婚。）

缺點

defect > fault > flaw

以上皆是指「缺點」的單字，但 defect 較含有「重大缺點」之意；flaw 含有欠缺完美的「小缺點；小瑕疵」之意；fault 居其中，是一般常見的「缺點」。將「缺點」依大到小的程度排列後，即如標題所示。

- All the motors were carefully tested for *defects*.
  （所有馬達均已經過仔細測試以找出缺陷。）
- The motor stopped because of a small electrical *fault*.
  （這具馬達不動是由於些微的電力故障所引起。）
- The *flaw* in that glass makes it less valuable.
  （那只玻璃杯上的小瑕疵減損了它的價值。）

而和 flaw 同義的單字還包括 shortcomings，通常會以複數形出現，亦有「小缺點」的語意在內。

- In spite of all his *shortcomings*, he's the best salesman in our company.
  （儘管有缺點，他仍是我們公司最好的推銷員。）

另外，blemish 是指「表面或外觀上的缺點」。

- The glass is sold at half price because of *blemishes* in the crystal.
  （這只杯子因其玻璃上有若干瑕疵，所以半價出售。）

當我們想要形容一個人之所以做出奇怪、荒唐的舉動是因「性格上的缺點」所導致時，可用 foible 一字來表達。

- He is often absent from his office without leave; it is just one of his *foibles*.
  （他經常無故缺勤，這只是他的毛病之一。）

除了「缺點」的說法之外，我們也說「短處」。接下來比較 fault、shortcomings、weak point 三個字——

fault > shortcomings > weak point

如上，可看出 fault 在其意義上的程度最強，weak point 則是最弱的。shortcomings 只是單純表達「有不足之處」，而 fault 較明顯意指「有欠缺之處」；相反地，weak point 會比 shortcomings 的程度更和緩，意指「弱點」。

- I'm fond of him with all his *faults* [*shortcomings* / *weak points*].（他有很多缺點，但我就是喜歡他。）

須留意，fault除了有「缺點；短處」的意思之外，還有「過失；錯誤」的意思，可拿來和 mistake 互相比較。

- It's **my** *mistake*.（這是我的錯。）→犯了某個錯誤

- It's **my** *fault.*（這是我的錯。）→犯錯而承擔責任

上述二例皆用黑體字強調 my，表示說話時會強調該字的重音。相對於 mistake 指的是「判斷上的錯誤」，fault 更強調的是「人的過失」。

另外意指「過失；錯誤」的字還包括 blunder、slip、oversight、error 等。若將 mistake 視為單純的「錯誤」之意時，blunder 則為「應被責難的大過失」，而 slip 意指「不小心犯下的小失誤」。三者中，blunder 的「錯誤」程度最為嚴重。其關係如下——

blunder > mistake > slip

- I've made many *blunders* [*mistakes/ slips*], but I don't take any notice of them.
  （我犯了很多錯，但都未曾留意到。）

另外，oversight 一字，正如字面所示，是由於不小心而「漏看、疏忽」了。

- The mistake is due to some *oversight.*
  （這個錯誤導因於某些疏失。）

請留意，此例句同時出現了 oversight 和 mistake 二字，藉由翻譯可看出兩者語意不同之處。

最後要說明 error 這個字。此字有兩個「錯誤」之意，其一意味著「非正確解答」，其二意指「道德上的不正確行為」。

- Your report is full of *errors* [mistakes].

  （你的報告錯誤連篇。）
- I pointed out to him the *errors* of his youth.

  （我向他指出他年輕時的過失。）

第一個例句中，error 的用法會比 mistake 來得正式。

拒絕

reject > refuse > decline

「拒絕」也有很多種說法。若說 refuse 是一般「拒絕」之意的話，reject 會比 refuse 的程度更強烈，有「態度強硬地拒絕」之意。另一方面，decline 會比 refuse 的語意柔和，為「（委婉地）推辭、回絕」之意。

- He *rejected* the plan [proposal].
  （他拒絕了這項計畫[提案]。）
- He *refused* admission [permission].
  （他拒絕進入[批准]。）
- He *declined* the invitation [offer].
  （他婉拒這項邀請[提議]。）

請留意上面三個例句各自的動詞所接的受詞分別是哪些名詞（片語）。另外，三個動詞中，除了 decline 必定是從嘴巴說出的「拒絕」外，reject 和 refuse 則不受此限。

- The horse *rejected* [*refused*] the apple.
  （那匹馬不肯吃蘋果。）
- The horse *refused* to jump the fence.

（那匹馬不肯躍過柵欄。）

由上面兩個例句，可以看出雖然馬不會說話，但也能用「行動」表現「拒絕」之意。另外，refuse 除了表示「拒絕」，也包含「不願」之意。作「不願」的解釋時，可和 deny 一同比較。deny 通常是指「否定過去（曾發生）的事」，相對來說，refuse 則是「否定未來（會發生）的事」。

- He *denied* having met her.（他否認曾和她見過面。）
- He *refused* to go with her.
  （他不肯[不願意]和她一起去。）

請留意，上面二個例句的動詞之後，分別接的是動名詞以及 to 不定詞。deny 和 refuse 還有一點不同的是，deny 只具及物動詞的性質，而 refuse 本身除了是及物動詞之外，也是不及物動詞。

- I asked him to leave, but he *refused.*
  （我要求他離開，但他拒絕了。）

其他表示「拒絕」的用法還包括 turn down、spurn、rebuff 等。turn down 為口語說法，可接名詞（片語）作受詞；spurn 為正式說法，含有「嗤之以鼻地拒絕對方」之意；rebuff 則為「毫不客氣地拒絕」。例如下面的例句：

- He *turned down* the proposal [offer].
  （他拒絕這項提案[提議]。）
- She *spurned* [*rebuffed*] all his offers of help.
  （她斷然拒絕他所有的幫忙。）

懇求

entreat > beg

兩個動詞都有向他人「懇求」之意，不過 entreat 比 beg 更慎重、更正式，甚至可以到不惜捨棄自尊的地步。

- He *entreated* me for my help.
  = He *entreated* me to help him.
  （他懇求我幫他忙。）
- He *begged* (for) my forgiveness.（他請求我的寬恕。）

其他表示「懇求」的字還包括 implore、appeal、petition 等。implore 用於殷切的「哀求」；appeal 是用在基於道義立場的「請求同情、支持與援助」；petition 則用於文件上，以書面形式向在上位者「懇求」的「請願；陳情」。

- She *implored* me to forgive her.
  = She *implored* my forgiveness.
  （她哀求我原諒她。）
- We are *appealing* for funds to build a new playground for children.
  （為了興建一座新的兒童遊樂場，我們懇請提供資金。）

- We're *petitioning* the mayor to build a new concert hall.
  （我們正向市長請願要求建造一座新的音樂廳。）

顧名思義，「懇求」是意指以低姿態及誠心要求某人做某事；相反地，若以高姿態向對方要求做某行為，則是「要求」了。可解釋成具「要求」之意的字有 demand、request、ask。依其程度高低的順序可如下排列——

demand > request > ask

也就是說，demand 是「強烈、命令式的要求」，不容許對方說不；request 則表示「慎重的要求」，其語意比 ask 強烈。此外，request 是比較正式的說法。

- He *demanded* that I (should) attend the meeting.
  = He *requested* [*asked*] me to attend the meeting.
  （他要求我出席會議。）

還有一個表示「促使」的字 urge，含有激勵對方的「鞭策、驅策」意義在內。

- He *urged* me to attend the meeting.
  （他力勸我參加會議。）

我們也可以依「要求」的程度高低將 demand、request 和 claim、require 做一番比較。首先，demand 已如前述，為命令語氣的「強烈要求」；request則是柔和語調的「委婉要求」。那麼，claim 和 require 又應如何區分呢？其實，claim 為「基於正當權利的要求」;require 為「應當而必須做的要求」。而且,require 的說法比較正式。

- He *claimed* on the automobile insurance after his car accident.(在車禍之後,他要求汽車保險理賠。)
- My teacher *required* me to present my paper.
  (我的老師要我發表論文。)

接下來,若將 demand、request、require 的「要求」方式依直接主觀性到間接客觀性排序後, 可以看出request是發自於最直接主觀立場的「要求」——

request > demand > require

- He *requested* [*demanded* / *required*] (that) I (should) call the police.
  = He *requested* [*required*] me to call the police.
  = He *demanded* [*required*] my calling the police.
  (他要求我打電話給警察。)

第一個例句中,三個動詞都是接子句作受詞;而由第二個例句可看出, 只有 request 和 require 可在其後接受詞 + to 不定詞;第三個例句中,則只有 demand 和 require 可接動名詞作受詞。

混亂

chaos > confusion

confusion 可視作單純的「混亂狀態」之意，chaos 則是「一團混亂、完全脫序的狀態」，即 chaos 的「混亂」程度會大於 confusion。

- The whole city was plunged into *chaos* after the great earthquake.（整個城市在大地震後陷入一片混亂。）
- There was some *confusion* in the middle of the meeting.（會議進行的過程中發生了一點騷動。）

另外，disorder、mess、disarray 等也是意指「混亂」的單字。disorder 是「散亂、無秩序、亂七八糟的狀態」； mess 和 disorder 的意思大同小異，是較為口語的說法；disarray 也和 disorder 的意思相同，不過，是較為正式的說法。

- Our house is in a state of complete *disorder* because of our five children.
  （我們的五個小孩把家裡頭搞得一團亂。）
- Her marriage was in a terrible *mess*.
  （她的婚姻生活是一團糟。）

- She ran away from home with nothing but the clothes she wore in *disarray*.（她在慌亂中什麼東西都沒帶，僅穿著身上的衣服就離家出走了。）

使困惑

confound > bewilder > confuse

confuse 含有「使腦中一片混亂、迷糊」之意；而 bewilder 比 confuse 的程度強，用於「因一時出現很多問題而使人茫然不知所措」；confound 則比 bewilder 的程度更強，是指「因未預期到的事使人驚慌失措而陷入困惑」中。

- He gave us so much information that he *confused* me.（他給了我們很多消息，把我弄迷糊了。）
- A lot of work *bewildered* me.（很多工作困擾著我。）
- The result of the election *confounded* the government.（這次的選舉結果令政府感到棘手。）

如例句所示，困惑度最大的是 confound，甚至可能「困惑到失去判斷力」的地步。相反地，confuse 的困惑度最低，頂多只是令人「困惑得不知該如何表達」。

除上述單字外，也可以改用 embarrass、perplex、puzzle 等來表達「使困惑」之意。embarrass 是「使人在他人面前感到不安或不愉快」；perplex 用於因「使人感到費解、難以回應」而令人「茫然不知所措」；puzzle 則含有「使人不知如何說明並理解事情的脈絡」之意。

- He was *embarrassed* when his mother kept praising him in front of them all.(由於他的母親在每個人面前不斷稱讚他，使他覺得很不好意思。)
- She was *perplexed* by his crude behavior.
(她對於他的粗野舉動感到不解。)
- The problem has *puzzled* all of them.
(這個問題令他們所有人百思不解。)

三個字中，perplex 為正式說法。另外，須留意 puzzle 除了「使困擾、煩惱」之意外，也含有「使為難」之意。

接下來，讓我們看看「使煩惱」的字彙有哪些。除了 puzzle 之外，還包括 worry、annoy、bother、trouble、persecute、harass。

- What *puzzled* me was why my only daughter didn't bring herself to get married.(我煩惱的是我那獨生女為什麼不結婚。)→令人困惑的煩惱
- What *worried* me was the problem of my only daughter's marriage.(我擔憂的是我那獨生女的終生大事。)→令人不安、擔心的煩惱
- Don't *bother* me, because I'm very busy.(我很忙，別來煩我。)→令人心煩意亂、不得安寧的煩惱
- She was *persecuted* by silly rumors.(無聊的傳言令她不堪其擾。)→揮之不去、使人困擾不已的煩惱

而一看到 harass 這個字，不禁會令人聯想起 sexual

harassment（性騷擾）一詞，可以明白其表示「糾纏不休、讓人厭煩的煩惱」。

- She felt rather *harassed* by her boss at the office.
（辦公室的上司令她相當傷腦筋。）
- My children are always *annoying* me.（我的孩子總是令我心煩。）→令人焦躁惱怒、甚至發火的煩惱

「使焦躁」的字彙除了 annoy 之外，還有 irritate、exasperate、provoke、incense、rile、aggravate、infuriate、outrage、offend 等。首先先將 annoy、irritate、exasperate、incense、infuriate 五個單字按程度高低排列——

exasperate **incense** **infuriate**	**> irritate > annoy**

若視 irritate 為一般的「使焦躁」之意的話，則 exasperate、incense、infuriate 三者的程度會不相上下，皆表示「使人受到激怒而非常生氣」。而 annoy 的程度會比 irritate 弱，是「使人稍微焦躁」。

- My son's habit of biting his nails used to *infuriate* [*irritate* / *annoy*] me.
（以前我兒子愛咬指甲的壞習慣讓我很生氣。）
- I was *exasperated* [*incensed*] at his bad behavior.
（他惡劣的行為令我火大。）

注意第二個例句中的 exasperate 和 incense，兩者通常會以被動語態的形式出現。接下來談論 provoke，這個單字不僅可用於人，也可以用在動物身上，通常指把人（或動物）逼到絕境而令其用盡全力反搏一擊的「激怒、挑撥」。

- He's dangerous when *provoked*.
  （他在被激怒的時候是個危險人物。）

rile 和 aggravate 則是非正式的口語用法，可以做如下比較——

rile > aggravate

rile 比 aggravate 的語氣強烈，是「使人非常惱怒」，而 aggravate 則是「使人生氣、光火」。

- His refusal to answer *riled* me.
  （他拒絕回答而激怒了我。）
- I found my teacher *aggravated* because I remained silent.（我發現老師為我的沉默不語在生氣。）

最後比較 outrage 和 offend——

outrage > offend

outrage 的「焦躁」程度比 offend 高。

- The incident *outraged* public opinion.

（這件事激起了公憤。）

- I'm very *offended* and I don't want to talk.

  （我很不高興，我不想談了。）

須留意 offend 一字通常要使用被動語態。

才能

gift > genius > talent > capacity > ability

「才能」和「能力」，有些是與生俱來的，有些則必須靠後天的努力才能獲得。將先天的「才能」由高到低排列後，其順序即如標題所示。

首先，gift 是所有字彙中程度最高、不用什麼努力就能自然展現的「天賦的才能」；genius 也具先天性，特別指可以在某個（專業）領域內發揮非凡的「創造性才能」（因此，genius 也是「天才」之意）；talent 也是天生的「才能」，但較傾向經由努力後所得到的成果展現，尤其是指「具有藝術和表演天分的才能」。

- He has a *gift* [*genius* / *talent*] for music.
  （他有音樂天分。）

capacity 與其說是與生俱來，不如說是「潛在性的能力」，雖說也算是一種天生的「能力」，但若沒有表現出來，就如同沒有。

- He has a great *capacity* for entertaining us.
（他具有娛樂眾人的絕佳能力。）

ability 既可指「先天性的能力」，也可指「後天訓練或努力而來的能力」，為一般意指「能力」最廣泛的用字。

- He's got an outstanding *ability* to finish his work speedily.（他具備迅速完成工作的優秀能力。）

表示「能力」、「才能」的字除了上述外，也可以用 aptitude、competence、capability、faculty、skill 等來表達。首先先看 aptitude，此字主要是指「學習能力；資質」。

- He showed an *aptitude* for mastering three languages.
（他表現出精通三國語言的才能。）

competence 是指「能完成他人交代事物的能力」；capability 意指「適合從事某種工作或任務的能力」，即「適應（工作等要求的）能力」；faculty 則主要指「在特定領域中特殊的才能、能力」。

- He seems to have his *competence* [*capability* / *faculty*] for the job.（他看起來似乎可以勝任這項工作。）

skill 特別是指透過學習與訓練後所獲得的「專業能力」，即「技能；技巧」。

- She has mastered the four *skills* of English language learning.（她精通英語學習的四種技巧。）

說到人有「才能」，就會聯想到說人「聰明」。我們可以用 bright、smart、clever、brainy、brilliant、wise、intelligent 來表達「聰明」之意。首先比較 brilliant 與 clever——

brilliant > clever

brilliant 在「頭腦聰明」的程度上大於 clever，指的是「出類拔萃；才華出眾」，而關於 clever，須留意下列三點：

① clever 有時帶有「狡黠；小聰明」的輕蔑語氣（須視句子的語意或上下文而定）。

② 和 clever 的聰明程度不相上下的還有 bright 與 smart，兩者皆是通俗的說法。bright 是「腦筋靈活；伶俐」；smart 則帶有「機靈；精明」之意。不同於 bright 是單純的讚美，smart 本身有時會有輕蔑的反諷之意。

③ clever 和 wise 相比，clever 代表的是「聰穎；機敏」，wise 則是「有見識，具備理性、明智的判斷力」。

- He is a *brilliant* [*clever*] scholar.
  （他是位聰明的學者。）
- He's one of the *brightest* in my class and learns quickly.
  （他是我的班上最聰穎的學生之一，學得很快。）
- He gave a *smart* answer.（他回答得很聰明[機巧]。）
- He is very *clever* but not so *wise*.
  （他是很聰明，但缺乏智慧。）

請注意 clever 與 wise 在翻譯字眼上的不同。

brainy 是較不正式的口語說法，用來意指「腦筋靈活；反應敏捷」。

- She's a *brainy* student.（她是位腦筋靈活的學生。）

intelligent 則意指「智能；理解力」。

- All of the students in my seminar are very *intelligent*.
（我研究所班上的學生個個都非常聰明。）

了解 intelligent 後，可順便看 intellectual 這個字。intellectual 用於表示「透過訓練而具備高度智能及理解力（特別用於知識性的學問方面）」。

- Babies are *intelligent* but not *intellectual*.
（小嬰兒聰明，但缺乏高智能。）

另外，「知識分子」在英文是 intellect，而「知識（分子）階層」（集合名詞）則要用 intelligentsia 或 intelligentzia（此拼法較罕用）。

- Prof. Walker is a real *intellect*, but he can do nothing without his wife.（華克教授是位真正的知識分子，但少了太太就成不了任何事。）
- The *intelligentsia* is generally indifferent to social problems.（知識分子階級普遍都不關心社會問題。）

另外，sharp、keen、quick 等也是意指「聰明、腦筋靈活」的字，再細分之下，分別有不同的語意。sharp 是「精明能幹」；keen 是「敏銳靈敏」；quick 是「理解力強而學得快」。

- It's very *sharp* of you to get ahead of me.
  （你真是精明能幹，樣樣比我強。）
- He's a very *keen* observer.
  （他是一位非常敏銳的觀察者。）
- My daughter is *quick* at learning.
  （我女兒學東西很快。）
- My son is *quick* with words.（我兒子學話學得很快。）

喊叫

screech > shriek > scream > shout

首先先看 shout，此字意指「大聲叫」，和 cry（喊叫）的程度相當。

- There's no need to *shout* [*cry*] because I can hear you all right.（我可以清楚聽到你說的話，不需要大聲叫。）

scream 是比 shout 還「尖銳且大聲的喊叫」，特別是指由於感到痛苦、害怕、憤怒或興奮、高興時所發出的「驚聲尖叫」。

- The girls *screamed* with laughter at my joke.
（女孩們聽了我的笑話後，哄堂大笑了起來。）

shriek 比 scream 更強烈，是「歇斯底里地喊叫」，通常是指因憤怒、害怕或興奮所發出的「又細且尖銳的喊叫」，但在「大笑」之意的程度上則和 scream 一樣。

- The girls were all *shrieking* with laughter.
（女孩們都尖聲大笑了起來。）

screech 特別是指因痛苦、驚恐所發出的「極為刺耳、尖銳的喊叫」，聽了會令人感到些微的不愉快或毛骨悚然。

- She *screeched* in fright and shut the door.
  （她因驚恐而大聲尖叫，並關上了門。）

再介紹兩個「喊叫」的同義字。首先是 yell，此字是感到憤怒、恐懼或興奮時所發出的「吼叫；叫嚷」，聽了會令人生厭。

- Don't *yell* at me like that because I can see what you mean.（別對我大吼大叫的，我明白你的意思。）

另外，exclaim 則是充滿驚訝、高興或憤怒的「激動地喊叫」，最具強烈的情感，而且是比較正式的說法。

- He *exclaimed* that he was innocent.
  （他大喊自己是無辜的。）

使…

make > have > get > let

句子中的主詞要求受詞的人或物進行某動作時，所採用的動詞即稱作使役動詞(causative verbs)。 上面四個使役動詞中，make 是「強烈地使…」，具有最高的強制力；have 的程度沒有 make 強烈，不過接近 make，也具有強制力；get 與其說意思是「使…」，不如說更帶有「說服人做某事」之意；而 let 是許可對方照自身意願做某事的「使…」。如上所述的順序，可發現 make 的強制性最大，let 的強制性最小。

● If he won't do it,
  I'll make him do it.
  I'll have him do it.
  I'll get him do it.
  I'll let him do it.

（如果他不做，
  我會強迫他做。
  我會設法讓他做。
  我會說服他做。
  我會讓他做。）

請留意上述 make、have、get、let 四個動詞意義上的微妙差異，另外也請留意它們在句法結構上的不同之處，講話時，也必須特別加強 make、have、get、let 的重音。

make + 受詞 + 不帶 to 的不定詞
have + 受詞 + 不帶 to 的不定詞
get + 受詞 + to 不定詞
let + 受詞 + 不帶 to 的不定詞

不過，須留意如下例句，若重音是放在不帶 to 的不定詞上，則表示句子的主詞並非是使役動詞的主動者，而是（被動的）承接者。

● She wouldn't like to *have* her friend **visit** her.
（她不願意受到朋友的拜訪。）→她想一個人靜一靜

又 have 和 get 除了可以分別接不帶 to 的不定詞和 to 不定詞外，也可以接過去分詞和現在分詞。首先先看 have 的例句。

● I **had** my watch repaired.（我使錶修理好了。）→我請人將錶修理好了〔使役〕
● I *had* my watch **mended**.
（我的錶修理好了。）〔被動語態〕
● I *had* my watch **stolen**.（我的錶被偷了。）〔經驗〕
● I won't **have** him doing such a thing.
= I won't **have** him do such a thing.
（我不會讓他做那種事。）〔使役〕

試著比較一下上面最後一個例句的兩種不同的用法。其差別在於，若使用 doing，是限定特定的行為，有「不管平常如何，總之現在不會讓他做」的含義在內；若使用 do，則是限定一般的行為，有「無論如何絕不讓他做」之意。

另請留意，have 可如下例接形容詞：

- I won't *have* my only daughter unmarried.
  （我不會讓我那唯一的女兒不結婚。）
- She *had* her cake ready.（她已經準備好蛋糕了。）

接下來看 get 的例句：

- **Get** your car washed.（去把你的車洗一洗。）〔使役〕
- *Get* your car **washed**.
  （使你的車子乾淨。）→你的車該（被）洗了〔被動語態〕
- He *got* his wallet **stolen**.
  = He *had* his wallet **stolen**.
  （他的錢包被偷了。）〔經驗〕
- He **got** the engine starting.（他發動引擎。）〔使役〕

上面第三個例句的兩種用法都翻譯成「錢包被偷」，皆表示經驗。不過，使用 get 會比使用 have 更具「突發性」，可以說 have 只是單純敘述一項經驗過後的事實，而 get 是敘述突然發生的事情。二者關係如下——

get > have

另外，請留意 get 可如下列例句接介系詞片語。

- He *got* the children across the river.（他讓孩子們過河。）

make、let 不僅可接不帶 to 的不定詞，也可以接 to 不定詞。請看下列例句：

- Money *makes* the mare to go.（有錢能使鬼推磨。）
- The grass was *let* to go.（雜草叢生。）

另外，make 也可以接形容詞。

- I'll *make* you (be) happy.（我會讓你幸福。）

接下來看使役動詞 cause 的例句。

- What *caused* the accident?（造成事故的原因是什麼?）
- The earthquake *caused* my house to collapse.
  （地震震垮了我的房子。）

第一個例句中，cause 接名詞（片語）作受詞，此種句法結構可為正式用法，有時也可作非正式用法。不過，第二個例句採用 cause + 受詞 + to 不定詞的句法結構，則是較為正式的用法。由於 cause 不帶主詞的意圖性，只單純敘述突發性的事實，所以和 make 及 have 帶有主詞意圖性使役行為的敘述，有很大的不同。

- He accidentally *caused* her to drop her bag.
  （他不小心讓她的手提包掉了下來。）
- He deliberately *made* [*had*] her drop her bag.

（他故意讓她的手提包掉了下來。）

另外請留意上述二例副詞(accidentally、deliberately)的用法。

斥責

rebuke > scold > reprove

scold 多用於父母責罵子女時，可說是「斥責」的一般用字。不過，口語上用的 tell...off (= talk angrily to)比較常見。

- The old man *scolded* the boy for breaking the windowpane.（老人斥責打破窗玻璃的男孩。）
- The teacher *told* him *off* for not doing his homework.（老師責備他未寫作業。）

另外還有一種口語說法為 dress down (= to scold)，雖也表示「斥責」之意，不過較偏向「（用言論）譴責；非難」。

- He *dressed* her *down* in front of everyone.（他在大家面前訓斥她。）

比 scold 更強烈的是 rebuke。此字多用於正式場合，例如老師對學生、上司對部屬等上對下的「嚴厲斥責」。

- His superiors *rebuked* him for his treatment of the customers.（他的上司們訓斥他對客戶的態度。）

reprove 是「找出對方的錯誤而加以斥責」，也是正式說法，但語氣較平緩溫和，帶有「指出錯誤並規勸其改進」的意涵。

- My teacher *reproved* me for being late.
  （我的老師責備我遲到。）

其他表示「斥責」的單字還包括 reproach 及 reprimand。reproach是指「因對某人或某事感到失望、難過而責備」；reprimand是用於「正式職務等情況下公然的處分」。

- You have nothing to *reproach* yourself with.
  （你沒必要責備自己。）
- The judge *reprimanded* the policeman for failing to do his duty.（法官訓斥警察失職。）

若將前述所有表示「斥責」的單字按照由強到弱的程度排列，則可得到如下的結果——

rebuke / reprimand > scold > reprove / reproach

說到「斥責」，就會聯想到其反義字「讚美」，英文中多以 applaud、praise、admire、approve、commend 等字來表達。

applaud > praise

applaud 的「讚美方式」比 praise 強烈，這是由於 praise 為單純的「讚美」，而具「鼓掌喝采」之意的 applaud 則是「熱烈的讚美；激賞」。不過，無論如何，兩者都是意指言語上的

「讚美」。

- I *applauded* his courage.
  = I *praised* him for his courage.
  (我讚揚他的勇氣。)

上列的句法結構中，須留意 applaud 與 praise 其後所接的受詞不同。admire 則與 applaud、praise 有些語意差異，是表示「欣賞；欽佩」之意，並不局限於言語上的「讚美」(請留意其與 praise 有同樣的句法結構)。

- I *admired* him for his courage. (我欽佩他的勇氣。)

approve 用於認同對方所下的判斷而「贊同；批准」。

- Your decision to close the shop is very good, and I heartily *approve* of it.
  (我衷心贊成你結束營業的明智決定。)

commend 是較為正式的說法，為「表揚；讚揚」之意。

- His new book has much to be *commended.*
  (他的新書有很多值得稱讚的地方。)

儉樸的

frugal > thrifty

將「節儉是美德」這句話翻譯成英文，為 Thrift is a virtue.，句中會使用到 thrift（節儉；節約）這個英文字（形容詞為 thrifty（儉樸的）），其反義字為 extravagant（奢侈的）。

- She's been *thrifty* and saved a large sum of money.
（她很節儉，存了一大筆錢。）

比 thrifty 更「節儉」的是 frugal，而「過度節儉」的話則是 stingy（吝嗇的；小氣的）。

- He's rich but he's very *frugal* with his money.
（他很有錢，但是非常節儉。）
- Mother's too *stingy* to give me money.
（媽媽很小氣，不肯給我錢。）

意指「節儉；節約」的還有 economy 一字——

thrift > economy

thrift 的程度比 economy 強烈，描述「非常節約」的態度，為比較正式的說法。

- We were trying to practice *thrift* [*economy*] at that time.
  （我們當時力行節約。）

而 economy 除了當名詞外，也有副詞和形容詞的用法。

- He always flies *economy* to New York.
  = He always flies to New York by *economy* class.
  （他一向坐經濟艙飛往紐約。）

重大的

grave > serious

在表示「重大」的程度上，grave 會比 serious 強烈。可用英文分別解釋如下：

grave = very serious

serious = not slight

可看出 grave 表示「非常嚴重」的狀態，而 serious 在程度上表示「重大；不輕微」的狀態。

- War poses a *grave* threat to peace.
  （戰爭嚴重威脅到和平。）
- Our company is in *serious* financial difficulties.
  （本公司正面臨重大的財務危機。）

不論如何，兩者同是指「重大的」之意。相反地，若要表示「輕微；不足道」之意時，可用前述 serious 釋義裡的 slight。

- Don't worry about such a *slight* mistake.
  （不要擔心這樣的一個小錯誤。）

另外，我們一般也常用 important 來表示「重要的」。

- This is an *important* matter for us.
  (這件事對我們很重要。)

此例的 important 也可改用 grave、serious 替代。若單純地視 important 為「重要的」之意，則 serious 表示「嚴重的」，grave 為「非常嚴重且令人擔憂的」。

像 important 一樣表示「重要的」之意的單字還有 vital、essential、key 等。三個字分別解釋如下：

vital = extremely important and necessary
essential = basic; indispensable; necessary
key = significant; of crucial importance

vital 程度最高，表示「重要的；生死攸關的」，essential 和 key 則是同樣程度的「非常重要的」(但 essential 表示「不可或缺地重要」，而 key 則表示「在關鍵性或決定性時刻的重要」)。四者可比較如下——

vital > essential / key > important

- His support was *vital* [*essential*] for the success of my plan. (他的支持對我的計畫成功與否很重要。)
- He took a *key* position in the office.
  (他在公司位居要職。)

此外，momentous 可以同時表示「非常重要的」、「非常重大的」之意，尤其用於涉及到「對未來事物有重大影響」時。

- This war is *momentous* for the future of our country.
（這場戰爭對我們國家的未來具有重大的意義。）

關於 important，也可順便留意其名詞 importance 的用法。

- That's of little *importance* to me.
（那件事對我來說無關緊要。）

另外，可以和 importance 同時做比較的，還有 consequence 及 significance。此二字皆表示「重要性」之意，為正式說法。不過， consequence 是指 「會有重大結果的重要性」， 而 significance 則是「未來會對其他相關事物有重大影響的重要性」。

- It's of no *consequence* [of great *significance*] to our lives.（那對我們的生活而言並非舉足輕重[非常重要]。）

沈思

muse > meditate > contemplate

muse（沈思；冥想）是指完全陷入自己所思考的事情當中，且神態專注到忘了周遭事物，而如果只是單純的「深思；想事情」，一般是用 meditate。contemplate 的意思是「盤算」，也就是仔細思考接下來該怎麼做、事情會演變成什麼樣等等，是這三個字當中態度最冷靜的。所以，若單純就「思考的專注性」來說，應該是 muse 最高，contemplate 最低。

- He sat there *musing* for hours.
  （他坐在那裡沈思了好幾個小時。）
- She *meditated* on the problem before giving her answer.（她在這個問題上深思了好久才說出答案。）
- He *contemplated* the problem he had to tackle.
  （他盤算著如何解決必須面對的問題。）

ponder 也是「考慮；沈思」的意思，但是著重在時間上，也就是「想了好久」，和上面三個字的性質有些不同。在這方面，brood（憂慮；反覆思索）和 ponder 倒是有些類似。

- He usually *ponders* for some minutes before giving an

answer.（他通常在回答前考慮好幾分鐘。）

- What are you *brooding* over? Do something!
（你還在考慮什麼？快動手啊！）

另外，cogitate 也有「（全神貫注地）愼思、熟慮」的意思，不過這是較文言的用法，並不適合在口語中使用，以免給人一板一眼的感覺。

- He *cogitated* about the meaning of his life.
（他思忖著自己人生的意義。）

consider（考慮）是指「為做出某些決定而細想一番；考慮要不要做…」的意思。

- He's *considering* changing his job [whether he should change his job].（他正在考慮要不要換工作。）

至於 think over，則純粹是口語的說法，意義及用法同 consider。

- Try to *think over* your marriage.（好好考慮你的婚姻吧。）

不信任

distrust ≥ mistrust

mistrust 單純是「不信任；信不過」的意思，distrust 則除了「不信任 (lack of trust)」之外，另外還包含了「沒有信心 (lack of confidence)」與「缺乏信賴感 (lack of faith)」，含義顯然比 mistrust 來得廣，但就「不信任的強度」而言，二者相差無幾。

- He *distrusted* my story and went out alone to the graveyard. (他不相信我說的話，一個人跑到墓園去了。)
- Why do you *mistrust* him? He seems an honest boy. (你為什麼不相信他呢？他看來是個誠實的男孩。)
- He has a *distrust* of planes. (他對飛航安全沒有信心。)
- He has a great *mistrust* of banks, so he keeps all his money under bed. (他一點也不相信銀行，所以把錢都藏在床底下。)

前面在解釋 distrust 時，曾經略微提到 trust、confidence 以及 faith，所以接下來我們不妨針對這三個字做一下比較。trust、confidence、faith 都是「信任；信賴」的意思。其中，trust 是「情感上願意相信」；confidence 是「基於某種理由或條件而確信」；faith 則是「無條件的信賴」。所以，如果以信任的強度來區分，其順序應該是——

faith > trust > confidence

confidence 另外又可作「自信；把握」解釋，這一點和 assurance 有些相像，只不過 assurance 對於事情的確信程度高於 confidence，有「（因為有自信而敢）斷言、保證」的語氣。

assurance > confidence

- A new teacher often lacks *assurance* in front of his students.（一個新老師很容易在學生面前缺乏自信。）
- I have every *confidence* in my ability.
（我對自己的能力有充分的信心。）

當「自信」強到一個程度的時候，就會轉變成「確信；信念」，關於這一點，經常被擺在一起討論的是 belief 和 conviction。belief 通常指「因為某些證據或事實而產生的（理性上的）信念」；conviction 則指「心理上根深蒂固的強烈信念(= strong belief)」。所以，二者就信念強度的關係如下——

conviction > belief

- He had a firm *conviction* [*belief*] that he was right.
（他堅信自己是對的。）

立即

instantly > immediately

若以「迫切性」來說，instantly 比 immediately 還強，而且前後動作必須緊接著發生。

- The concert began *instantly* after the bell.
  （音樂會在鐘響後立刻開始。）
- The concert will begin *immediately*.
  （音樂會馬上就會開始。）

如同上面例句所示， instantly 不能與未來式一起出現， 但 immediately 可以，這是因為「未來式」含有時間上的間隔，與 instantly 給人的「迫切感」互相抵觸的緣故。

其他相關的同義字還有口語中常用到的 at once。另外，right away 和 right off 也是美式英文中經常出現的片語；英式英文有時也會用到 directly。

- Is he coming here *at once* [*right away* / *right off*]?
  （他會馬上來這兒嗎?）
- Do your homework *directly*.（馬上去做你的功課。）

如果把 directly 加入一開始的排行來比較時間的緊迫程度，其順序應是——

instantly > immediately > directly

instantly 在時間上是最不能等待的， immediately 其次，directly 墊後。關於 directly 的用法，有兩點必須注意：

① 由於 directly 的緊迫度不是很強，在美式英文中有時也作還要一段時間的「很快；再過沒多久」解釋。

- The guests will arrive *directly*.（客人一會兒就會抵達。）

這種用法也可以用 shortly 或 presently 代換。
presently (= in a short time)只是很籠統地提到時間，比較起來，shortly (= in a little time)「很快；馬上」的意涵就比較強了。所以，二者的強弱關係就成了——

shortly > presently

- He will be home *shortly* [*presently*].
（他很快就會到家了。）

說到「很快；再過沒多久」時，當然不能漏掉 soon。

- I must be going *soon*.（我差不多該走了。）

要注意的是，這裡的soon (= before long / within a short time) 並不像一般人想像中那麼急迫。

shortly > presently > soon

附帶一提，這三個字裡面，soon 是唯一可作威脅口吻的用語。

- I'll *soon* show you who I am!
（不用多久，我會讓你知道我是何等人物!）

② 在通俗的用法中，directly 也可以作「一…就…」(as soon as)的連接詞，這點和 instantly 以及 immediately（英式英文的用法）一樣。

- I came *directly* [*instantly* / *immediately*] I got your message.（我一收到你的留言就趕來了。）

尊敬

homage > reverence > respect

中文裡對「尊敬」的定義，經常伴隨著「崇拜；景仰」，但是英語的 respect 卻沒有這層含義，頂多只是「尊重；推崇」。但是 reverence 就不同了，和下列例句譯文的「尊敬」一樣，含有個人的敬畏之情在內，所以一般譯作「尊崇；敬重」，為比較正式的用語。和 reverence 用法同樣正式的還有 homage，其「尊敬」的程度比 reverence 高，主要用於對 ruler（統治者）的「（效忠性的）崇敬、崇拜」。

- They all paid *homage* to their ruler.
  （他們崇敬他們的統治者。）
- The old man was held in great *reverence*.
  （那個老人受到極高的尊崇。）
- He shows some *respect* to his boss.
  = He has some *respect* for his boss.
  （他還算尊重他的上司。）

（請注意 respect 與介系詞的搭配：**show** some **respect to** 以及 **have** some **respect for**。）

類似的同義字還有 esteem 及 veneration，不過都是較正式的說法。esteem 的意思是「尊重；敬重」，veneration 也是「敬重」的意思，但對象主要是「先人；前輩」。

- He is an excellent linguist who is held in high *esteem* by my friends.（他是我的朋友們十分敬重的一位語言學家。）
- The Chinese people regard their ancestors with great *veneration*.（中國人對於祖先極為尊敬。）

確實

definitely > certainly > surely

若要比較 certainly 和 surely 的差別，通常，certainly 比較客觀，有確實的根據，可信度較高；而 surely 的主觀色彩濃，多半是說話者片面的推測（英式英文尤其如此）。

- He will *certainly* [*surely*] come today.
  （他今天一定會來。）

definitely 和 certainly 的不同則在於，certainly 後頭可以接但書(but)，所以多少還語帶保留，但 definitely 則是完全斬釘截鐵的口吻。

- He's *definitely* the best player in Japan.
  （他絕對是日本最好的選手。）
- This wineglass is *certainly* beautiful, but it's too expensive.（這個葡萄酒杯的確很漂亮，只是太貴了。）

後面的例句即使只寫出 This wineglass is certainly beautiful.，但依據上下文，同樣可能含有但書的弦外之音。必須注意的是，這些副詞在句中的位置不同，有時也會影響到整句話的含義。以 definitely 為例：

- He doesn't *definitely* want it.（他不一定要。）
- He *definitely* doesn't want it.（他一定不要。）

這些副詞也可以用在簡短的回話中，例如 definitely 是回答是與非的詢問，而 certainly 和 surely（美式英文）則是用在同意對方的要求時。

- Is he coming here?—*Definitely*.
  （他要來這兒嗎？——當然！）
- Is he good at speaking English?——Oh yes, *definitely*.
  （他英語說得很流利嗎？——喔，那還用說！）
- Can you help me with this job?—Yes, *certainly* [*surely*].
  （你可以幫我做這項工作嗎？——好的，當然。）

最後一句在美式英文中也可以用 of course 或是 sure 代替。同意對方要求時的回答，如果以客氣的程度來區分，certainly 是最禮貌的。各種說法的順序應該是下面這個樣子——

Certainly. > Of course. > Sure. > All right. > OK.

一定

must > will > may

上述這三個字都是說話者的主觀推測， 先後順序是依說話者「有把握的程度」而定。其實，若要說到最有把握的說法，應該是單純的直述句，例如：

- He is Mr. Simpson.（他是辛普森先生。）
  →百分之百的事實
- He *must* [*will* / *may*] be Mr. Simpson.
  （他一定是[大概是／可能是]辛普森先生。）→推測

類似用法的字非常多，最常見的像是——

must > will > have to > ought to / would > should > can > could / may / might

must 的確定性最高，could / may / might 最低。這裡必須要解釋一下 ought to 和 would，以及could、may 和 might。在英美人士眼中，這兩者（或三者）究竟哪個排在前，哪個排在後，其實沒有一定的說法。例如 ought to 和 would，有人說前者說話的語氣較肯定，也有人說後者的說法確定性較高，所以在此

採取並列的方式。

話題再回到 must 和 may 的「有把握的程度」上，要證明 must > may，我們不妨從這兩個字通常與哪些副詞搭配來一探究竟：是 certainly（百分之百確定）？probably（八成的把握）？還是 possibly（兩成的把握）？

- The news *must certainly* be true.（這消息一定是真的。）
- The news *may possibly* be true.（這消息可能是真的。）

從 must 只能和 certainly 搭配，可見它的確定性非常高；同理，may 只能和 possibly 搭配，說話者的確定性顯然很低。

疲累

exhausted > tired

比起 tired, exhausted 不管是在體力上還是精神上的消耗都要來得大，可以說是「累垮了」(tired out)。以下我們試著和副詞 quite 結合看看：

- I'm quite *exhausted.*（我實在是筋疲力竭了。）
- I'm quite *tired.*（我覺得相當累。）

quite 有「完全；徹底」的意思，也有「在某種程度內；或多或少」的味道，在這裡必須要注意的是，quite 如果是和 exhausted 搭配，不妨翻譯成「實在」，較能表達出「累垮了」的感覺。

另一組相當於 exhausted 和 tired 的字彙是 weary 和 fatigued。兩者關係如下所示——

weary > fatigued

這兩個字同樣是「勞累」的意思，但是 weary 指的是「經過長期工作、長途旅程之後的疲累」，而 fatigued 和 tired 的程度差不多，是比較文言的說法。

- I'm *weary* of too much working.（工作過度使我累慘了。）
- I feel very *fatigued* after the long journey.
  （這趟遠行令我覺得非常疲累。）

以上談的都是形容詞，如果是動詞，一般都用 tire 或是 tire out，會用到 weary 的多半是在文言的情形下。

- You're *wearing* me with all this arguing.
  （跟你爭論真是累人。）
- I began to *tire* after walking 3 hours.
  （走了三個小時後，我開始覺得累了。）
- She never *tires* from knitting all day.
  （她整天編織，都不會覺得累。）
- You've really *tired* me *out*.（你真是把我累慘了。）

提到「疲倦」，當然不能不談一談身體狀況良好時的情形，類似的字彙有 healthy、well、fine 以及 sound。首先比較 healthy 和 well——

healthy > well

healthy 是「健康的」，這點想必大家都知道，但是 well 可不可以也解釋作「健康」呢？其實是可以的，差別只在於 well 指的是一時的感覺，而 healthy 指的則是長期穩定的狀況。

- She has five *healthy* children.（她有五個健康的小孩。）
- She's looking very *well* now.（她看起來氣色非常好。）

fine 是另一個口語中經常使用的字彙。

- How's your husband?—He's *fine*, thank you.
  (你先生好嗎? ——他很好,謝謝你的關心。)

sound 指的是「(身心兩方面)無病無痛;健全的」情況。

- A *sound* mind in a *sound* body.
  (健全的心智寓於健康的身體。)

「健康的」除了指人體本身的健康,另外也有食物、活動等等「有益健康」的說法。如果是作後者解釋,上面提到的四個字當中,只有 healthy 可以沿用。而 healthful 雖然也有同樣的意思,不過這個字不但文言,基本上還是過時的說法。

- We all breathed in the *healthy* [*healthful*] mountain air.
  (大夥兒呼吸著山上的新鮮空氣。)

類似的同義字還有 wholesome 和 salutary, 前者可以用在「(環境、食物、事物等)對身體或是心靈有幫助」的情形,後者則是「有益身體健康」的意思。

- I always try to have *wholesome* food.
  (我一向注意攝取對身體有益的食物。)
- I always try to take *salutary* exercise.
  (我一向從事有益健康的運動。)

salutary 除了可以解釋作對健康有益之外, 也可以單純只作「有益的」解釋。

- The failure was a *salutary* experience; I'll never drink again.
  (這次的失敗是個有益的經驗，我下次絕不會再喝酒了。)

冰冷

icy > cold > chilly > cool

就溫度來說，這四個字裡面最低溫的是 icy（冰冷）；cold 是提到「冷」時最常用到的字；chilly 的溫度要比 cold 再高一些，但還是令人感到涼颼颼的；cool 指的是令人覺得舒適的冷，有時也譯作「涼爽」。

- An *icy* wind [A *cold* wind / A *chilly* wind / A *cool* breeze] blew from the sea.
  （徹骨寒風[冷風／涼爽的微風]從海上吹來。）

下面這個句子非常適合用來說明 cold 和 cool 的差別：

- It's *cool*, if not *cold*.（如果不是寒冷，至少也是涼的。）

如果將這個句子裡的 cold 和 cool 對調，便成了不合邏輯的句子：It's cold, if not cool.（如果不是涼的，至少也是寒冷。）以上講的是溫度高低，這四個字其實也有抽象的比喻用法。

- She gave me an *icy* [a *chilly*] look.
  （她對我擺出一副冷淡的表情。）
- He seems to have been rather *cold* [*cool*] toward me

these days.（他最近似乎對我很冷淡。）

cold 和 cool 經常被用來形容人際關係。其中，cold 解釋作「冷漠；不友善；令人寒心」；cool 則是指待人處事不熱情，也就是「態度冷淡」。還有一個字 hard 也是「待人不友善」的意思，含義接近「冷酷；無情」，語意是這三個字當中最嚴峻的——

hard > cold > cool

- My boss is a *hard* [*difficult*] man.
  （我的上司是個冷酷[難伺候]的人。）

例句中的 hard（冷酷的），意思並不等於 difficult（難伺候的），如果想表現 difficult 的語感，必須改用下面的句型：

- He is *hard* to please.（他這個人很難伺候。）

意圖

intend > plan > mean

這三個動詞都指「有意圖」，如果就「實現的可能性」來排序，則 intend 排首位，其次是 plan，最後才是 mean。請注意下列三個例句中文翻譯上的細微差異。

- I *intend* to go there tomorrow.
  （我打算明天去那兒。）→幾乎已經決定
- I *plan* to go there tomorrow.
  （我計畫明天去那兒。）→正在考慮中
- I *mean* to go there tomorrow.
  （我有意明天去那兒。）→有一點意願

不過，口語中最常用到的還是助動詞 be going to 和 will。同樣是關於「意圖；打算」，be going to 是「之前就有在考慮、想了一陣子了」，will 則是「當場臨時起意」的意味很濃。

- I've bought some bricks and I*'m going to* make a flower bed.（我買了一些磚塊打算做個花壇。）
- There's somebody at the door and I*'ll* go and open it.
  （門口有人，我去開門。）

這裡必須特別留意 intend 的名詞 intention 及intent。intention 是提到「意圖」時最常用的字，intent 同樣也是「意圖」，但多半用在不好的方面，主要作為法律用語。

- I've no *intention* of changing my plan.
  （我無意更改計畫。）
- He was arrested for entering the house with *intent* to steal.（他因意圖侵入那棟住宅行竊而遭逮捕。）

當然，intent 也不是一定都是「壞的意圖」，它可以作一般的「意圖」解釋，但是這時必須是已經「公開」的意圖，與放在心中的想法（intention）還是有些差別。

- He did it unwisely but with good *intent*.
  （他的作法雖然不智，但是是出於好意。）

最後再來看看形容詞「有意的；存心的」的用法。首先是 intentional：

- My exclusion from the circus is quite *intentional*.
  （我是被馬戲團蓄意開除的。）

deliberate（故意的）則是強調整件事是經過「精心策劃」的。

- Her behavior was a *deliberate* attempt to insult me.
  （她的所作所為是故意要羞辱我的。）

willful（英式英文拼作 wilful）解釋為「恣意」，帶有「我行我素、任性而為」的含義。

- His *willful* distortion of the facts brought about such a result.（他任意曲解事實而導致了這樣的結果。）

提議

proposal > suggestion

就提議的「積極性」來說，proposal 高於 suggestion，因此如果說前者是「積極地推動」，後者便是「在本分之內適當地提供建議」。

- They've put forward a *proposal* for closing the hospital.
  （當局已決定祭出關閉醫院的提案。）
- He rejected the *suggestion* that they should all do it.
  （他拒絕了眾人全部一起做的提議。）

proposition 也有「提議；建議」的意思，但主要是指商場上明確開出條件、以利益為導向的「提案」。

- The *proposition* is that if he joins us, we will support his company.
  （該提議言明，如果他加入我們，我們就支持他的公司。）

motion 則是另一種形式的「提議」，指的是在會議上提出的「動議」。

- His *motion* that the meeting (should) be continued after

dinner was rejected.

（他提出晚飯後繼續開會的動議遭到了否決。）

這四個同義字當中，proposal 另外還有「求愛；求婚」的含義，proposition 在口語中也有「（違法地）要求與對方發生性關係」的用法。

- He made a *proposal* to her.（他向她求婚。）
  = He *proposed* to her.
- He made her a *proposition*.（他向她求歡。）
  = He *propositioned* her.

上面這兩個句子即使改用動詞 propose 及 proposition，意思仍然不變。甚至，在表達「求歡」這個意思的時候，proposition 當動詞的用法比名詞更為常見。

指控

charge > accuse > blame

charge 是指「罪行受到指控」，主要是法律用語，指責的程度也是三者中最嚴厲的；accuse 同樣是法律上「指控；告發」的意思，但也可以用在一般情形下的「指控；指責」，所以嚴重性比 charge 來得弱一些；blame 是這三個字裡面最常出現在日常會話當中的，當然，事態的嚴重性也不如上述兩者，多半是用來「指責」對方的過失或是品格上的缺陷。

- The driver was *charged* with reckless driving.
  （該名司機被指控危險駕駛。）
- Was he *accused* of stealing the jewels?
  （他被指控偷竊珠寶是嗎?）
- Are you *accusing* me of cheating?（你是在指控我說謊?）
- They *blamed* him for the failure.
  = They *blamed* the failure on him.
  （他們把失敗的責任歸咎到他身上。）

從這四個例句當中，是否能歸納出上述三個字與介系詞的關係呢？我們不妨從下面三個句子來做個整理。

- They *charged* him with murder.（他們控告他謀殺。）
- They *accused* him of perjury.（他們指控他做偽證。）
- They *blamed* him for the failure.
  （他們責備他把事情搞砸了。）

很明顯地，charge 跟 with、accuse 與 of、blame 與 for 搭配，介系詞後面分別接指責的理由。現在再回到「指責」的含義上，首先是 blame，還記得上面有兩句中間畫上等號(=)的例句嗎？這兩句話原則上可以說完全一樣，但是隨著強調的位置不同，還是產生了一些差異。

- They **blamed** the failure on him.
  = They *blamed* **him** for the failure.
  （他們把失敗的責任歸咎到他身上。）
- They **blamed** him for the failure.
  （他們責備他把事情搞砸了。）

第一句是「把責任推給他」，第二句則是「錯本來就在他」，有點責備有理的味道。

其他意思相近的字還有 criticize、censure、reproach 等動詞。criticize 是「批評」對方的缺點；censure 是正式的用字，通常指「公開的指責」；reproach 則是「出於私人情感上的不滿情緒」，多半圍繞在生活瑣事上。

- The report *criticizes* [*censures*] the police for handling the incident.
  （此份報告公開譴責警方對該事件的處理方式。）

- I have a lot of things to *reproach* you for.
  （我有好多事情想罵你。）

氣味

odor > smell > scent

這三個字當中，smell 是表示「氣味」最常見的用語，但是 odor 卻是氣味最濃的（英式英文拼作 odour），後者略顯文言，尤其常用來表示不好聞的氣味。氣味比 smell 淡、表示微弱氣味的是 scent，通常是指「好的氣味」。和 odor、smell 不同的是，這個字同時也可解釋作獵物留下的氣味，也就是「臭跡」；在英式英文的用法中，scent 甚至有「香水」的含義。

- My wife doesn't like the fishy *smell* [*odor*].
  （我太太不喜歡魚腥味。）
- Dogs can usually follow even a faint *smell* [*scent*].
  （狗可以僅憑些微的氣味循跡。）

說到「香水」，即「香味」，除了上述的 scent 之外，還有 perfume、aroma、fragrance 以及 whiff 等字彙。先以性質較接近的 perfume、fragrance 和 scent 做個劃分，其香氣的「濃度」依序是——

perfume > fragrance > scent

fragrance 指的是草木、鮮花等生氣勃勃的「芳香」；perfume 大家都知道是「香水」，不用說，氣味當然最濃郁，最後才是微微的淡香 scent。

- She could smell a sort of French *perfume* around her.
  （她可以聞到身旁有類似法國香水的氣味。）
- She likes the *fragrance* of roses.（她喜歡玫瑰的芳香。）

aroma 和 perfume 同樣表示濃郁的香氣，但 aroma 指的是「食物、飲料等的香氣」。whiff 則是「淡香」，而且是「撲鼻而來的一陣淡淡香氣」。

- I like the *aroma* of hot coffee so much.
  （我非常喜歡熱咖啡濃郁的香氣。）
- My wife was cooking fish in the kitchen; I could get a *whiff* of it through the door.
  （我太太在廚房煮魚；我在門外就可以聞到一陣香味。）

有「好」的氣味，當然就有「難聞」的氣味：stink 以及 stench。後者的說法不但較正式，臭味的「強烈」程度也比 stink 大——

stench > stink

- There's a *stench* [*stink*] of rotting meat around here.
  （這兒附近瀰漫著一股腐肉的惡臭。）

另外還有 reek,「臭味」的程度和 stink 差不多——

stench >	stink
	reek

- I do mind a *reek* of tobacco.(我不喜歡菸草的臭味。)

抓住；握緊

grip > grasp

同樣都是「抓住；握緊」的意思，但是 grip 較偏向「用手指或是道具抓牢」，grasp 則是用「手緊緊握住」。兩相比較之下，grip 的握緊程度比 grasp 來得強。

- The child *gripped* my hand firmly in fear.
  （那個小孩害怕地緊抓住我的手。）
- He *grasped* the rope with both hands.
  （他用兩隻手抓緊繩索。）

clasp 也有「抓、握」的意思，不過說法比較正式，通常是用手甚至是手臂緊緊抓住，所以有時也解釋作「抱緊」。

- She was *clasping* her dear doll.
  （她緊緊抱著心愛的娃娃。）

和 grip、grasp 比起來，clasp 的握緊程度大概介於中間——

grip > clasp > grasp

這三個字裡面，grip 和 grasp 還可以解釋作抽象用法。grip 是

「緊扣人心」; grasp 是「抓住內容重點」, 也就是「理解」的意思。

- The story *gripped* my imagination.
  (這個故事激發了我的想像。)
- I couldn't *grasp* the meaning of the word.
  (我無法理解這個字的意義。)

有些動作和「抓、握」很接近, 像是 catch、take 和 keep。將這幾個基本字彙和 hold (名詞) 結合後, 可以得出等同於「抓、握」的語意, 像是 catch hold of (抓[拿]會動的東西)、take hold of (抓緊不會動的東西)、keep hold of (抓著) 等等, 或直接使用 hold 的動詞型態亦可。

- He *caught* [*took*] me by the hand.
  = He *caught* [*took*] *hold of* my hand.
  (他抓住我的手。)
- He was *holding* a pencil in one hand and an eraser in the other.
  = He was *keeping hold of* a pencil in one hand and an eraser in the other.
  (他一手抓著鉛筆, 一手抓著橡皮擦。)

還有一些同義字像是 grab、clutch、seize 也可以一起做比較。grab 是「冷不防地抓住; 猛拉住」, 通常用在壞的方面, 有時也寫成 grab hold of; clutch 是「抓牢」的意思; seize 則是「迅速而確實地抓住」。

- He *grabbed* me by the hand and forced me into his room.（他猛抓住我的手，要我進到他的房間去。）
- She *clutched* her baby in her arms.
（她用雙臂緊抱住嬰兒。）
- He *seized* me by the wrist and took me to a dark room.
（他突然抓著我的手腕，帶我到一間昏暗的房間裡。）

須注意，grab 後面接物品時，意思便變成了「搶奪」，但如果和 snatch（迅速而猛烈地搶奪）做比較，snatch「出其不意」的程度還是比 grab 來得高——

snatch > grab

- He *grabbed* my handbag and ran off.
（他搶了我的手提包就跑了。）
- He *snatched* her purse and ran off.
（他一把奪下她的錢包就逃之夭夭了。）

而 seize 和 grasp 一樣，同樣可以作為「抓住、理解內容的重點」解釋。

- I was able to *seize* the points of his lecture.
（我聽得懂他上課內容的重點。）

天氣好

fair > fine

如果只是要形容天氣「好、不錯」，用 fine 就可以了，但如果要強調是「晴天」的話，最好還是用 fair。因為 fine 還可能有一些烏雲，但是 fair 絕對是「晴朗無比」的天氣。

- The weather will be *fair* tomorrow.
  = It will be *fine* tomorrow.
  （明天會是個好天氣。）

clear 和 bright 也經常用來形容「晴朗」的天氣。

- In this district, the sun shines out of a *clear* sky throughout the year.
  （這個地區天空清朗，一年四季陽光普照。）

如果以天氣預報 (weather forecast/weather report) 對於 clear 和 fair「晴朗度」的認定來說——

clear > fair

fair 是「晴天」，這點無庸置疑，但是 clear 除了是晴天之外，天空還特別清澈，一片藍澄澄的，更加強調「萬里無雲、一片晴空」的狀態。至於另外一個字 bright，意境略有不同，指的是「陽光充足、明亮」的意思。

- The outlook for tomorrow is cloudy skies with a few *bright* intervals throughout the country.
  （明日全國的天氣是多雲時晴。）〔天氣預報〕

不過，人們常常用「好天氣」來形容晴天，所以像是 beautiful、nice、lovely、wonderful、good 等字眼，其實還蠻常聽到的。

- Isn't it a *beautiful* [*nice* / *lovely* / *wonderful*] day?—Yes, it is!（今天真是個好天氣，你說是不是？——沒錯！）
- The weather is *good* today.（今天天氣不錯。）

以上一連串形容天氣「美好」的形容詞當中，除了 good 屬於客觀的講法以外，其餘說法多少都摻雜了主觀的成分在內。但請注意，第二個例句雖然本身並無錯誤，然而在口語中較少用 good 來形容「天氣好」，一般還是習慣用 fine 或 fair。

反對

oppose > object

如果說 object 是「反對」，oppose 便是「堅決反對、反抗」；前者只是表達不贊同的想法，後者則有可能採取行動來防堵所反對的事情發生。所以，object的受詞多半是日常生活中的事，而 oppose 則專門用在重大議題、思想上。

- They *objected to* [*opposed*] the proposal.
  （他們反對那項提案。）

由於 object 通常作不及物動詞使用，所以要加上介系詞 to；而 oppose 則是及物動詞，可直接接受詞。不過若將 oppose 的過去分詞 opposed 轉化為形容詞時，就須加上介系詞 to 而形成 be opposed to 的用法，請特別留意。

- They were *opposed* to the proposal.
  （他們反對那項提案。）

另外，oppose 作「反抗」解釋時，有兩個字是經常被拿來相提並論的：resist 以及 withstand。如果用 oppose 來解釋這兩個字的話：

resist = oppose

withstand = oppose successfully

顯然 withstand 的程度要比 resist 更強，大有「不但成功抵擋住敵人，甚至還將其擊退」的味道——

withstand > resist

- We *withstood* [*resisted*] the enemy's attack.
  （我們抵禦敵人的攻擊。）

講到「反對」，就會馬上聯想到反義的「贊成；同意」，一般常出現的字有：agree、assent、approve、consent 等等。首先是 agree，重點放在「經過討論而決定同意」（請特別注意各句介系詞的差別）。

- They *agreed* about economic principle.
  （他們贊同經濟法則。）
- They *agreed* on a date for the wedding.
  （他們一致同意婚期。）
- They *agreed* to our suggestions.
  （他們同意我們的建議。）
- They *agreed* with the boss.（他們贊成老闆的意見。）

其次是 assent，強調「仔細考慮後而決定同意」的立場，常見於正式的場合。

- He *assented* to the committee's proposals.
  （他同意委員會的提案。）

approve 是「公開表示贊同」的意思。

- The mayor *approved* the building plan.
（市長同意這項建築計畫。）

consent 是略微拗口的說法，意思是「當權者或負責人批准、應允」。

- My father reluctantly *consented* to our marriage.
（我父親勉強同意我們的婚事。）

拖；拉

drag > pull > draw

drag 是「用力拉動重物」；pull 則是表示「拖、拉」最常用的字；draw 則有「輕輕拖曳」的意思。以出力的大小來看，順序是 drag > pull > draw。

- He *dragged* his suitcase from the train.
  （他拖著皮箱走下火車。）
- He *pulled* the curtain as hard as he could.
  （他用力地拉窗簾。）
- She *drew* all the curtains in the rooms.
  （她輕輕拉上／拉開房間裡的窗簾。）

請注意第二句及第三句的「拉窗簾」，可能是「拉上」或是「拉開」，須視上下文內容而定。

其他像是 haul、lug、tug、jerk、twitch、yank、hitch、tow 等等，也都有「拖、拉」的意思。以 haul 為例，由於在拉的過程中必須花比 drag 更大的力氣，如果套入一開始的排行，其順序便成為——

haul > drag > pull > draw

- They all *hauled* up the fishing nets.
  （他們合力把魚網拖上岸。）

lug 是通俗的說法，同樣也是「用力拖曳」的意思，出力的程度比 haul 還大——

lug > haul > drag > pull > draw

- He *lugged* the heavy suitcase up the stairs.
  （他把那個沈甸甸的皮箱硬拖上樓。）

tug 也是「用力拉」，但是少了 haul 和 lug 的困難度，通常是指小孩「拉扯」父母親的衣袖等感覺上不那麼費力的動作。

- The child was *tugging* at his mother's sleeve to try to get her attention.
  （小孩拉著他媽媽的袖子，試圖引起她的注意。）
- They *tugged* the boat out of the marsh.
  （他們把船從沼澤中拖出來。）

之前是將重點放在拖、拉的「力道」，現在換個角度，來談談拖、拉的「動作」本身。首先是 jerk，意思是「突然、猛力地一拉」。

- He made the puppet jump by *jerking* the string.

（他一拉扯那條線，人偶便跳了起來。）

twitch 和 jerk 相近，但是多了「迅速」的語感。

- He *twitched* the curtain aside when he heard something strange outside.
  （他聽到外頭有怪聲，立刻拉開窗簾探個究竟。）

yank 是「用力扯；猛拔」的意思，是通俗的說法。

- The dentist *yanked* my tooth out yesterday.
  （昨天牙醫把我的一顆牙齒拔掉了。）

hitch 作「拉」解釋時，通常是以 hitch up 的形式出現，意思是「拉回到原來的高度」。例如，褲腰太鬆時：

- He *hitched up* his trousers in public.（他當眾拉褲子。）

tow 是「用繩索、鐵鍊拖曳」，受詞通常是交通工具。

- They *towed* the car to the nearest gas station.
  （他們把車子拖到最近的加油站。）

最後再補充一個字 trail，與之前提過的 drag 不同的是，trail 可以是在「地上、空中、水裡」拖曳，而 drag 則只適用於地上的拖曳動作。

- Her long skirt was *dragging* (along) in the dust.
  （她的長裙在地上拖行。）

- I like to *trail* my feet in the water, with sitting on the side of the boat.（我喜歡坐在船邊，把腳放在水中任船拖行。）

需要

necessity > need

就「需要的程度」來說，necessity 大於 need，尤其是「不可或缺」或是「真有急需」時，用 necessity 的比例比need來得高。

- People realize the *necessity* of democratization.
  （人們體悟到民主化的必要。）
- There's no *need* to buy tickets in advance.
  （不需要預先買票。）

除了「需要的程度」有差異之外，necessity 也比 need 多了些文言的感覺，所以諺語中出現的多半是 necessity。

- *Necessity* is the mother of invention.（需要為發明之母。）
- *Necessity* has no law.
  （急不暇擇。／大事當前不容猶豫。）

講完抽象的「需要」，接下來我們再來談具體的「必需品」：necessities 以及 necessaries（necessities 是 necessity 的複數形，necessaries 則是 necessary 的複數形）——

necessities > necessaries

這兩個字有何差別呢? necessities 指的是「生存上必定要有的必需品」; necessaries 則是「做某件事時的必備品」, 像是旅行時的換洗衣褲、特殊飲食需求等等。

- Water and air are *necessities* of life.
  (水和空氣是生命不可或缺的。)
- Snacks are *necessaries* for my journey.
  (零食是我旅行時的必備品。)

至於形容詞「必要的」, 除了我們之前略微提到過的 necessary (可當名詞, 也可當形容詞) 之外, 常見的同義字還有 indispensable 以及 essential——

essential > indispensable > necessary

necessary 是指一般情形下「必要的」; indispensable 的需求程度要再高一點, 意思是「不可或缺的」; essential 則是基於「本質上的需求」, 少了便會威脅到本質或主體的存在, 所以是三者中需求度最高的。

- Food and drink are *essential* for life.
  (飲食是維繫生命所必需的。)
- Telephones are *indispensable* for any office.
  (任何辦公室都少不了電話。)

飲食對於維繫生命的「必要性」，比起辦公室需要有電話，兩者相較，當然是「維繫生命」比較重要。另外還有一個字 requisite 也是「必要的」的意思，用法和 necessary 相近，只要符合「對於…來說是必要的」的條件，便可以套用，但是用法比較正式。

- Is it absolutely *necessary* for me to go there?
  （我真的非去那裡不可嗎?）
- She's got the *requisite* qualifications for programming the computer.（她擁有電腦程式設計的必要資格證明。）

繩；線

rope > cord > string > thread

這四個字當中，最粗的是 rope，最細的是 thread，我們可以用下面交叉比較的方式來釐清它們之間的關係：

rope = strong thick *cord*（粗的繩索）
cord = thick *string*, thin *rope*（細繩）
string = narrow *cord*（細繩；粗線）
thread = very thin *cord*（細線）

以 cord 作標準，又粗、又結實的 cord 是 rope（繩索）；反之，細的 rope 就是 cord（細繩）。細的 cord 是 string（粗線；帶子；弦）；而非常非常細的 cord 則是 thread（細線；縫線）。

- He tied it up with *rope* [*cord* / *string*].（他用繩子綁緊。）
- She sewed the stuff with silk *thread*.
（她用絲線縫這個東西。）

顯然，rope、cord 和 string 基本上都可以用「繩子」統稱，只有 thread 例外，指的一定是「細細的線」。另外，感覺上也是屬於細線的「毛線」，英文的說法是 yarn 或(knitting) wool。附帶一提，wool 的形容詞是 woolen（英式英文拼作 woollen）， woolen socks 就是指「毛（線）襪」，如果拼成 woolly socks，意思便成了「像毛襪般（輕柔、暖和）的襪子」。

不景氣

depression > slump > recession

如果依照不景氣的嚴重程度來分，depression 指的是長期不景氣，而且失業率居高不下；slump 的情形基本上沒 depression 那麼糟，但還是有失業的問題；recession 則只是暫時性的景氣蕭條，用不著太緊張。

- The *depression* [*slump*] is becoming more and more serious all over the world.（全球性不景氣越來越嚴重。）
- It's only an economic *recession*.
  （這不過是一時的經濟不景氣。）

不過，口語上最常用的其實是 hard times 或是 bad times。

- In *hard times* [*bad times*], a lot of people lose their jobs.
  （在不景氣時，有許多人失業。）

還有 inactivity 這個字，原意是「沒有活動力；不活躍」，也可以引申為「景氣不振」的意思。

- The *inactivity* told on me.
  = I really felt the *inactivity*.

（我對景氣不振有切身的感受。）

- I cannot stand this *inactivity*.（我受不了目前的不景氣。）

有「不景氣」，當然也會有「景氣」的時候，所以我們順便來學學「景氣好」要如何表達：

- *Business activity* is brisk.（交易活動很活絡。）
- *Business* is looking up.（生意前景看好。）
- The *boom* finally came this year.（今年景氣終於好轉。）
- Taiwan's *business climate* seems to have been good up to now this year.
  （今年到目前為止，臺灣的商業趨勢似乎表現不錯。）
- Economic circles hope for *business upturn* strongly.
  （經濟界強烈希望營運好轉。）

複雜

intricate > complicated > complex

首先從最後一個字 complex 開始說起，意思是「不是難到無法處理，但必須花些時間才能理解、說明或是解決」，其反義字是 simple（簡單的）；complicated 的情況比 complex 還複雜，多半是指「很難理解」的事物；intricate 的複雜程度又更深一層了，簡直是「錯綜複雜、難以理解的」。

- This is a *complex* device.（這是個複雜的裝置。）
- This is rather *complicated* to deal with, but I'll try.（這件事相當不好處理，不過我會儘量試試。）
- Who is the hero of this *intricate* story?（這個錯綜複雜的故事主角是誰?）

另外還有一個字 involved 也有「複雜」的含義，不過性質略微不同，專門用來形容「關係複雜、混亂、牽扯不清」的情形。

- He is *involved* with her.（他和她之間的關係很複雜。）
- He gave a long and *involved* explanation for the accident.（他對那件事的解釋既冗長又複雜。）

碼頭

pier > jetty

pier 指的是可以讓船停靠、尤指棧橋形狀、伸入海或湖中的「大型碼頭」；相較之下，jetty 則是「小型碼頭」。

- Some boats were tied up at the *pier* [*jetty*]。
  （碼頭邊繫了好幾艘船。）

如果不分大小，單純指讓船停靠的場所時，通常是用 wharf。還有一個字 quay，指的也是「（可裝卸貨物的）埠頭、碼頭」，但是必須是在 harbo(u)r（港口）裡面的才算數。

- We all welcomed the sailors home at the *wharf* [*quay*].
  （大家在碼頭歡迎這些船員回家。）

談完了碼頭，當然不能漏掉「港口」：harbo(u)r 及 port。harbo(u)r 指的是「地理條件及技術設備上可供船隻停泊的水域」；port 則是「進行商業貿易的港口」，也就是「商港」。一個 port 甚至通常包含了好幾個 harbor，所以，你會聽到 yacht harbor，但是不會出現 yacht port 的說法。反之，「紐約港」的說法是 New York Port，而不是 New York Harbor。所以，可得出 harbor 與 port 的大小關係如下——

port > harbor

部門

division > section

在一個組織、機構裡，分成好幾個「單位、部門」是司空見慣的事，以規模來劃分的話，division 大於 section。

- He works in the company's sales *division* [*section*].
  （他在公司的業務部上班。）
- She plays in the orchestra's string *section*.
  （她在交響樂團中擔任弦樂部分的演奏。）

對於規模較大的 division，名義上通常是冠以 department，這種分法不只在公司行號中會出現，政府及大學等機構也是以此來稱呼行政上的重大「部門」或是各個「科、系」。

- He is the chief of the toy *department* of a supermarket.
  （他是一家超市玩具部門的主管。）

除此之外，性質和「部門」類似的 branch 也很值得一提。這個字用在公司行號時，意思是「分店」；用在學術領域時，意思便成了「分野；領域」。

- Our bank has 180 *branches* all over the country.

(我們銀行在全國各地擁有180間分行。)

- Syntax is a *branch* of linguistics.
  (造句法是語言學的一個領域。)

第二個例句的 branch 也可以用 field (分野；領域；活動範圍) 代替。不過，對於「分野」的定義，field 的標準比較不嚴格。

- That's outside my *field*. (那不是我的專長。)

同樣作「分野；領域」解釋的字彙還有：domain、territory、realm、province、sphere、line。首先是 domain 和 territory 的區別，這兩個字都是表示「學問、研究的領域」，差別只在於 territory 較為口語、通俗。

- Phonology is not within my *domain* [*territory*].
  (音韻學不是我的專長。)

其次是 realm，用法和 domain、territory 相同，但是多了抽象的用法，例如「可能性的範圍」(請注意，這時通常使用複數形 realms)。

- Such a thing is outside the *realms* of possibility.
  (這種事超出可能的範疇。) →不太可能發生

province 這個字最常見的用法是 one's province (某人的職責)，指的多半是人的「本分；工作的責任範圍」。

- This matter is outside my *province*, so you should tell it to your manager.
  (這件事不歸我管，你應該去告知你的經理。)

sphere 則是例如「演藝界(the world of show business; the entertainment world)」之類，人們「活動、勢力所及的範疇」。

- Mr. Smith is a well-known director in the *sphere* of broadcasting.（史密斯先生是廣電界的名導。）

在此補充一個同樣合乎「…界」用法的字彙：circles，例如「政界」、「學界」、「文學界」便可以說成 political [academic / literary] circles。簡單地說，circles 的定義就是「有共通興趣、共同關心事務或從事相同事業等的人聚在一起組成的團體」。

- The academic *circles* talk about nothing but that story.（整個學界全都在談論那個話題。）

再回到上面所列舉的「分野；領域」的最後一個同義字 line，這個字是通俗用法，意思是「工作範圍；職業」。

- Receiving guests is not really in her *line* of business.（接待其實不是她主要的工作。）
- What *line* is he in?（他是做什麼的？）

不過，除了指「職業；工作」以外，line 另外也有「興趣；擅長的事物」的用法，例如 It's out of my *line*.（那我可不擅長）。

最好…

had better > should > ought to

同樣是給他人建議，had better 的語氣並不是很客氣，一個不小心，對方還可能以為你在威脅他。相形之下，should 就委婉多了，語氣是「你應該…」，的確比 had better 的「你最好…」來得令人容易接受。ought to 的意思則和 should 一樣，都解釋為「應該」，從字面上雖然看不出兩者之間的差別，不過在英文的語感裡，ought to 確實要比 should 來得客氣。

- You *had better* [*should* / *ought to*] go home now.
 （你最好現在回家。／你現在該回家了。）

但是，如果你的意思是要提醒對方「必須…」，強調「非…不可」，這時的順序就必須改成——

ought to > should

- You *ought to* [*should*] tell the police.
 （你應該要告訴警方。）

如果加上用法相同的其他助動詞，依照語氣的強烈程度，順序大概會是下面這個樣子——

shall > must > have to >
need > ought to > should

shall 在強調「義務；必須去做」的意涵上是最強烈的，should 則似乎還有討價還價的空間。

- He *shall* [*must* / *has to* / *ought to* / *should*] go and see his boss tomorrow.
  = He *needs* to go and see his boss tomorrow.
  （他明天必須去見他的老闆。）

在英式英文中，need 作助動詞使用時，一般只出現在否定句及疑問句中，出現在肯定句中時，如同上面的例子，基本上只有動詞的用法，必須多加注意（但在美式英語中以 need 作助動詞的情況很少見）。

最後特別針對 must 及 ought to 的語氣強烈程度稍微做個比較。

- I *ought to* [*oughta*] go to Taipei, but I'm not going to.
  （我應該去臺北的，但是我不打算去。）

此例句中因為後頭加了但書(but)的關係，所以不能用語氣上顯得沒有轉圜餘地的 must。

幾乎

almost > nearly

有人說這兩個字可以這麼交叉解釋：

almost = very nearly but not quite
nearly = almost, not quite

但是說實話，這種解釋真的讓人看不懂。建議大家不妨從其他同義字（例如 practically、virtually）切入，或許可以找到我們要的答案。

practically = almost, very nearly
virtually = almost, very nearly

根據《*Longman Dictionary of Contemporary English*》（第二版）的註解，關於 practically 一項是這麼說的：

> *Practically* can be used in the same way as *almost*, but is less common. It cannot be used in exactly the same way as *nearly*.（practically 的用法可以和 almost 相同，只是較不普遍；至於和 nearly 的用法則不完全相同。）

從以上解釋，我們得出的結論是，practically 和 virtually 的用法是：① 和 almost 相同；② 不等同 nearly，但是可以等同 very nearly。換句話說，almost > nearly，almost「幾乎等同；將近」的程度大於 nearly。具體舉例來說，假設午餐時間是12點，那麼 almost 大概是11點58分看錶，nearly 則大約是11點45分左右的事。

● It's *almost* [*nearly*] lunchtime.（差不多是午餐時間了。）

不過，這是關於「程度」上，如果是比字的「語感」，nearly 比 almost 則更有「快要…」的感覺，和其他字彙結合後，更可以營造生動的語意。

● It's *almost* [*nearly*] time to leave.（該告辭了。）

上面這個例句如果使用 almost，感覺上只是在陳述一件事；但如果是用 nearly，對聽者來說，語氣上卻會多了像是吃驚、遺憾等生動的語感，感覺上還會有下文。就以這句來說，可能是「不能再繼續磨蹭下去了！」的言外之意。

除此之外，這兩個字在和其他字的搭配上，也有些不一樣。almost 可以和具體的概念、也可以和抽象的概念結合，但 nearly 則只能與具體的概念一起出現。

● We're *almost* [*nearly*] there.（我們就快到了。）
● It's *almost* incredible.（那簡直令人難以置信。）

there 是具體的「場所」，所以可以用 almost 或是 nearly 修飾；incredible 是抽象的「意境」，所以只能用 almost 修飾。以相同的原則來看，可以和 almost 與 nearly 一同出現的字彙有

all、every、always；只能和 nearly 一起出現的字有 very、pretty；只能和 almost 一起出現的則是 any、no、none、never、nobody、nothing 等等。

- I *almost* [*nearly*] always have tea for breakfast.
  （我早餐幾乎都是喝茶。）
- I very *nearly* missed the bus.（我差一點就錯過公車了。）
- *Almost* any paper will do.（差不多什麼紙都行。）

作否定句時，nearly 可以置於 not 後面，但 almost 不行。

- He *almost* [*nearly*] can't get up early in the morning.
  （要他早上早起幾乎不可能。）
- I've not *nearly* finished my homework.
  （我功課幾乎都還沒做完。）

幾乎沒有

hardly > barely

就否定的語氣來說，hardly 是完全不及格，barely 是雖然也不怎麼好，但還勉強及格，根據負面標準來說就是 hardly > barely。

- He's *hardly* an economist.（他很難算是個經濟學家。）
- He's *barely* an economist.（他勉強算是個經濟學家。）

另一個同義字 scarcely 則是結合了 hardly 及 barely，既可表示負面的含義（幾乎不；簡直不），又可作肯定的解釋（總算；勉強才…）。

- There's *scarcely* [*hardly*] any time left.
  （剩下沒有多少時間了。）
- I *scarcely* [*hardly*] ever see her.（我幾乎很少見到她。）
- He is *scarcely* [*barely*] twenty.（他可以算是20歲了。）
- I had *scarcely* [*barely*] time to catch the bus.
  （我差一點就趕不上公車了。）

第一句和第二句是否定的意思；第三句及第四句如果從結果來看，應該是肯定的。附帶一提，口語中在作「幾乎沒有」的否定含義時，用 almost no、almost never 的機率比 scarcely / hardly any、scarcely / hardly ever 來得高——

no > scarcely > hardly any
never > scarcely > hardly ever

滿意

satisfied > content

從「滿意度」來看，satisfied 如果有十分，content 大概是六、七分，後者更帶有一種「（事情雖不是百分之百的完美狀態，但還是）樂於接受」的感覺。

- He's *satisfied* [*content*] with his present post.
（他對目前的職位很[還算]滿意。）

satisfied 是敘述性用法，專門接在 be 動詞後面，它另外還有兩個同源字：專門修飾名詞（放在名詞之前）作限定用法的 satisfying，以及同時可作敘述性用法及限定用法的 satisfactory，後者的意思是「合乎…應有的(，所以讓人滿意)」。

- That's a very *satisfying* meal.（那真是令人滿足的一餐。）
- His answer was *satisfactory* for his age.
（他的回答符合他這個年紀會說的話。）
- She couldn't provide a *satisfactory* excuse for being late.（她無法針對遲到說出一個讓人滿意的藉口。）

content 也有意義相近的同源字 contented，但是和 content 主要作敘述性用法不同的是，contented 既可作敘述性用法也可作限定用法。

- He is *contented* with his present post.
  (他對於目前的職位還算滿意。)
- He is working now with a *contented* look.
  (他正神情愉快地在工作。)

要注意的是，content 雖然含有「(根據身份、現實狀況等)適可而止地知足、滿意」的語感，但是 contented 卻是個中立的字眼，純粹表示「滿意」。

相關的同義字還有 gratified 以及 gratifying，都是作敘述性用法。前者是形容人「滿意的」，通常用在正式的場合；後者則是形容事情「令人愉快的；滿足的」。

- He was *gratified* with the election results.
  (他對選舉的結果表示滿意。)
- It's *gratifying* to see how much my works are appreciated.
  (知道我的作品受到何等的評價是件令人高興的事。)

不過，在口語中要表示「滿意」的心情時，一般人最常用的其實是 happy。

- Are you *happy* with your own work?
  (你對你的工作滿意嗎?)

悲慘的

wretched > miserable

如果說 miserable 是「悲慘的」，那麼 wretched 就是「十分悲慘的」，兩者都是「身心上實際受苦、受罪」的意思。

- I felt *wretched* [*miserable*] in bed with a bad cold.
  （我得了重感冒躺在床上，覺得好悽慘。）

若只是外觀、外表看起來楚楚可憐或令人同情，但實際程度並沒有那麼嚴重時， 通常是用 pitiful。 同字源的 piteous 和 pitiable， 含義和 pitiful 相同， 但是一個是文言的用法（piteous），一個是正式場合的講法（pitiable）。

- The dog was in a *pitiful* condition.（那隻狗好可憐。）

不過，口語中最常用的其實是 poor。

- What a *poor* boy!（多麼可憐的男孩啊！）

就「可憐」的意涵來說，poor 和 pitiful 可以說完全相同，排成順序的話，兩者應該是並列的——

wretched > miserable > pitiful / poor

迷人的

fascinating > charming > attractive

如果說 attractive 是「引起人注意；有吸引力的」(有時此字特別用於性方面的吸引力)；那麼 charming 便是「散發迷人特質而有魅力的」，兩者略有不同。

- What an *attractive* [a *charming*] girl!
  (真是個迷人[有魅力]的女孩啊!)

fascinating 的迷人程度，比 charming 還要更上一層樓，已到了「把人迷得神魂顛倒、著了魔」的地步。

- I find his new book quite *fascinating*.
  (我覺得他的新書非常引人入勝。)

當然，表示「迷人的」的字彙不只這三個，像是 appealing、magnetic 等也經常被拿來使用。這兩個字如果排入上述的順序，位置大概和 attractive 差不多。appealing 可以作「有魅力」解釋，也可以作「使人感興趣」解釋。至於 magnetic 則是指其吸引力如同磁石一樣，具有能讓人「(因受到吸引而) 目不轉睛」的能耐。

- What an *appealing* [a *magnetic*] personality!
  （真是迷人的個性啊！）

另一個字 enchanting 也是「迷人的」的意思，而且程度比起 fascinating 是有過之而無不及，帶有「讓人迷戀、沈醉不已」的味道。

enchanting > fascinating > charming > attractive

- She is certainly an *enchanting* girl!
  （她真是個迷死人的女孩！）

顯著的

marked > noticeable

這兩個字之間的關係如下：

marked = very noticeable; very clear and easy to notice

noticeable 是「引人注目的；明顯的」，marked 則是「非常明顯的」，使用時必須仔細選擇合適的字彙。

- There are some *marked* differences between the two of them.（他們兩人之間有些非常明顯的差異。）
- The damage to his car was hardly *noticeable*.（他的車幾乎看不出來有受損。）

其他同義字還有 remarkable、striking、conspicuous、prominent 等等。首先是 remarkable，這個字多半用在稱讚他人的場合，意思是「值得特別提出的；出眾的」。

- His wife was a woman of *remarkable* beauty at the party.（他的夫人是宴席上一位出眾的美女。）

striking 是「令人印象深刻；醒目的」的意思。

- There was a very *striking* girl among those present.
  （出席者當中有個女孩非常醒目。）

conspicuous 是指「（因為外型或特質等）與眾不同而引人注意的」。

- He was *conspicuous* among our group for his bravery.
  （他在我們的團體中以勇敢著稱。）

prominent 則是因為程度高於其他，所以顯得「傑出的；優越的」。

- His mansion was in a *prominent* position.
  （他的宅第坐落於優越的地段。）

conspicuous 和 prominent 「顯著」 的程度可以看作和 noticeable 相當。還有一個字 salient，也是「醒目；顯著」的意思，不過用法較正式，強調「具有重要性而顯得突出」。

- This report is concerned with the *salient* characteristics of our plan.（這份報告中提到了我們計畫的重要特徵。）

有名的

famous > well-known

論「名氣響亮」的程度，famous 比 well-known 來得大，因為前者強調的是「名氣」；後者感覺上只是個粗略的「知道有其人」的印象，強調「知名」的意味較不那麼濃。

- Our town is *famous* as a summer resort.
  （我們鎮上以避暑勝地聞名。）
- He is also *well-known* as a musician.
  （他同時也是個有名的音樂家。）

famous 另外也可以作 be famous for（以…聞名）的形式。

- Mt. Fuji is *famous* for its majestic beauty.
  （富士山以其莊嚴的美而聞名。）

第一個例句裡的 as 代表同位格，第三個例句裡的 for 則是指理由。其他意思相近的字彙還有：celebrated、notable、noted、renowned、famed、distinguished、eminent、outstanding、infamous、notorious 等等。上列的最後兩個字 infamous 和 notorious 代表的是負面的「臭名」，比較如下——

infamous > notorious

- He is *infamous* for his off-color jokes.
  （他講下流笑話是出了名的。）
- This car is *notorious* for its bad style.
  （這款車型是出了名的糟。）

論「惡名昭彰」的程度，infamous 大於 notorious。不過，infamous 並不是每次都是作「聲名狼藉」的意思解釋，有時單純只是「不名譽、不好」，無所謂出不出名，例如 infamous behavior（敗德的行為）。

至於其他正面意義的字的用法，例如 celebrated 指「有名且受人表揚的」；notable 強調該事物為「受人矚目的」；noted 則是「以具有…特長而聞名的」。

- Geneva is *celebrated* for its beautiful lake.
  （日內瓦以其美麗的湖泊而受人稱頌。）
- This area is *notable* for its mild climate.
  （這個地區以氣候溫和著稱。）
- Boston is a city *noted* for its symphonic orchestra.
  （波士頓是以交響樂團聞名的城市。）

renowned 是名氣大到「因非常傑出而眾口相傳」；distinguished（卓越的）和 eminent（傑出的）是專指「在學識、藝術等專業領域中具有權威性而聞名」；outstanding 則是「出類拔萃；頂尖知名」的意思。

- Mozart is *renowned* as a genius.（莫札特以天才聞名。）

- He is *distinguished* for his mathematical achievements.
  （他以數學上的成就享有盛譽。）
- He didn't trust even the most *eminent* surgeons.
  （即使是最有信譽的外科醫生，他也不信任。）
- She is an *outstanding* young artist.
  （她是位傑出的年輕藝術家[畫家]。）

famed 多為敘述性用法，尤其常出現在新聞英語當中。

- This area is *famed* for its good natural environment.
  （這個地區以良好的自然環境知名。）

森林

forest > wood > grove

論規模，forest 指的是比 wood 更大的「(無人跡的) 大森林」；grove 指的是比 wood 小的「小樹林」，有時特指種植特定作物的「果園」。

- We were lost in the *forest*.（我們在森林中迷路了。）
- We went on a picnic in the *wood* [*grove*].
  （我們到林中野餐。）

作「森林」的意思解釋時，wood 加不加 s 都可以，英式英文習慣寫成 woods（但作單數形使用），美式英文則習慣用單數形 wood。

- The *woods* was dark even in the daytime.
  （即使是大白天，森林裡還是一片昏暗。）

另外還有 copse（英式英文拼作 coppice），指的是「矮樹叢」。

當心

cautious > alert > watchful > careful

這四個字都是指對外來事物或威脅「當心」的意思。先從第一個字 cautious 和最後一個字 careful 比起，cautious 指的是為了預防危險而必須「留神；當心」，和 careful 只是「小心；多注意」的一般說法，在「警戒度」上有很大的差異。

- Be *cautious* [*careful*] crossing the street.
  （過馬路要小心。）

其次是 alert，對於事情的「警戒度」雖然沒有 cautious 高，但「警覺心」還是有的。

- She is usually *alert* to every possible danger.
  （她對任何可能發生的危險總是小心翼翼。）

watchful 在「神經緊繃」的程度上，次於 alert，但是比 careful 高。

- Mother is always *watchful* for our health.
  （母親總是注意我們的健康。）

以上指的是相對於外來威脅下的「當心」，如果是對事物本質的「警覺心」，我們稱之為「細心；謹慎」。參照上述四個字以專注、警戒度來區分的方式，排名第一的是 prudent（非常謹慎小心的）；vigilant（警戒心高的；用在正式場合中）大約是 alert 的位置；程度和 watchful 相近的 attentive（專注的；注意的）排在第三；wary（慎重小心的）則和 careful 一樣，在四個字當中排名最後——

prudent > vigilant > attentive > wary

- It would be *prudent* to listen to me before you make your decision.
  （謹慎點，在你下決定之前先聽聽我的意見。）
- He said we should remain *vigilant.*
  （他說我們必須保持警戒。）
- She is very *attentive* to her clothes.
  （她很留意她的穿著。）
- He is a *wary* person who never says too much.
  （他是個謹言慎行、說話小心的人。）

虛弱

feeble > weak

通常我們講到「身體虛弱」時，有兩種可能：一種是一時的虛弱，一種是先天體質弱。如果是第一種情形，英文習慣用上面兩個字來形容，weak 是「弱」的普遍說法，feeble 的意思則是「衰弱」，語氣比較嚴重。

- Your grandmother looks a lot *feebler* [*weaker*] than when I last saw her.
（你祖母比我上次見到她時虛弱了好多。）

類似例句中「因為年老而衰弱」的情形，也可以用 infirm 來代換。

- He's very old and *infirm*.（他年老體弱。）

當然，weak 也可以用 poor 代替，不過感覺上較顯得一板一眼。

- He's still in *poor* health after his operation.
（他的身體狀況在手術後還是沒有好轉。）

而形容「先天體質弱」時，通常是用下面這兩個字——

fragile > frail

如果說 frail 是指「（體質、身體構造）禁不起病痛的；脆弱的」，那麼 fragile 就是顯而易見的「纖弱」（當然，這兩個字也可以用來形容「一時的虛弱」）。

- Mother is now ninety and becoming too *fragile* [*frail*] to undergo her operation.
  （媽媽90歲了，身體已經弱得禁不起手術的折磨。）

其他還有一些字同樣可以用在「先天體質虛弱」上，像是 delicate、sickly、weakly 等等。

- My son is a very *delicate* [*sickly* / *weakly*] child.
  （我兒子的體質非常虛弱。）

這三個字的差異在於，delicate 強調「本質纖細、脆弱」；sickly 著重在「生病」的層面；weakly 則是強調「病弱的狀態」。

邪惡；壞

wicked > evil > bad

上述三個字，如果從道德的觀點來看，我們一般最常用來形容「壞」的 bad 這個字，可能必須被剔除在外，倒是 evil 和 wicked 可以保留，顯然同樣都是「壞」，但是論程度，這兩個字還是比 bad 來得「惡質」。

- I can't overlook his *wicked* [*evil*] behavior.
  （我沒辦法對他的惡行惡狀視而不見。）
- You're a *bad* boy!（你這個死小子！）

bad 是最口語的用法，evil 次之，wicked 則是過時的說法，如今多以 evil 代替。另外還有一個字 wrong 也可以用來形容「壞的；不正當的」，和 bad 不同的是，wrong 必須用在「違反道德標準」的情形下。

- It's *wrong* [*bad*] to tell lies.（說謊是不好的事。）

關於 wicked、evil 和 bad 在含義上的不同，我們不妨藉由下面例句分別看個仔細。

- He has an *evil* look.（他一臉邪相。）

- He has a *bad* look.（他一臉臭臭的。）
- He had a *wicked* [an *evil*] idea.（他在打壞主意。）
- He had a *bad* idea.（他出了一個餿主意。）

第三句和第四句，一個是壞主意，一個是餿主意，和表示「壞心眼；蓄意使壞」的「惡意；敵意」還是有些出入。通常我們在形容「惡意」時，最常用的是 malice、spite、malevolence 等字眼。其中，malice 和 spite 的強弱關係是——

malice > spite

malice 的心機較 spite 重，如果說 malice 是「無論如何要傷害對方」，spite 就是「在小地方上使壞、刁難」。

- He bore me no *malice*.（他對我毫無惡意。）
- He took my seat just out of *spite*.
（他佔了我的位子只是想刁難我。）

malevolence 表示「惡意」的程度與 malice 相當，只是說法較文言。

- She did it from pure *malevolence*.
（她這麼做純粹是出於惡意。）

不過，口語中最常用的還是 ill will。

- She bears me *ill will*.（她對我心懷惡意。）

INDEX

A

B

C

D

E

F

G

H

I

J

K

L

M

N

O

P

S

T

U

V

W

Y